KB244904

서울의 문화적 완충지대

서울의 문화적 완충지대

초판 1쇄 발행 • 2012년 1월 20일

기획 • 신동엽학회
지은이 • 홍승희 김수이 이민호 고봉준 이선우 조효원 김윤미 주현식
펴낸이 • 김영숙
편집 • 박지연 엄기수 노윤영

펴낸곳 • 도서출판 삶이보이는창
출판등록 • 2010년 11월 30일 제2010-000168호
주소 • (150-901) 서울시 영등포구 영등포2가 94-141, 동아빌딩 402호
전화 • (02) 848-3097 팩스 • (02) 848-3094
홈페이지 • www.samchang.or.kr

ⓒ 신동엽학회, 2012
ISBN 978-89-6655-004-3 93810

⊙ 이 책은 서울문화재단 2011 문학창작 활성화사업 지원을 받아 출간되었습니다.
⊙ 책값은 뒤표지에 표시되어 있습니다.

기획·신동엽학회
지음·홍승희
·김수이
·이만호
·고봉준
·이선우
·조효원
·김윤미
·주현식

삶이보이는창

차
례

서울을 새롭게 읽는 키워드 '완충지대'

• 이 민 호 •

　서울의 시간성은 조선의 천도 이후 풍요로움, 비옥함, 생생함, 변증법적인 것으로 간주되어 한국 역사에서 중요한 위치를 차지하고 있다. 반면에 서울의 공간성은 고정되어 정지된 채 있다. 그처럼 시간의 흐름은 서울의 위상을 끊임없이 변화시키는 인자로 작용하였다. 반면에 서울의 장소적 상징성은 실제적인 공간으로 존재하지 못해 수없이 삭제되고 지금도 배제되고 있다.

　서울은 정치, 사회, 경제, 문화의 중심이면서도 서울을 반복적으로 떠올리고 기억할 수 있는 상징성은 미흡하다. 서울을 경험한다는 것은 단선적인 시간의 흐름 속에서는 불가능하다. 서울을 체험할 수 있는 유일한 길은 서울을 사람들의 기억 속에 공간화하는 것 뿐이다. 그런 측면에서 서울의 강력한 이미지인 '한강의 기적'은 근대적 시간의 결과물일 뿐이지 영속하는 문화적 공간의 이미지일 수 없다. 그동안 서울은 이념과 지역과 계급과 인종의 경쟁지로서 더 나아가 강력한 삶의 전투장으로 세속화되었다. 그러므로 서울이 구축한 물량적, 확장적, 폭력적 이미지의 제고가 절실하다. 그것은 지울 수 없는 문화적 공간 속에서 서울의 기억을 되살리고 현실화하는 일이 될 것이다.

신동엽 시인은 인간의 행복을 위한 하나의 요구로 중립의 '완충지대'를 제시한다. 이 문학적 사유는 그동안 남북분단의 역사적 시간성 속에서 첨예한 대립의 중간적 이념으로 초점화되었다. 그러나 우리들은 획일화된 중립 개념에서 탈피하여 신동엽 시인이 본래 추구했던 생명성과 공동체적 공간성에 초점을 맞추고자 한다. 다시 말해 서울의 모든 사람들이 물질적이고 문화적으로 행복하게 살 권리를 요구하는 사상체계로 다음과 같이 적용하고자 한다.

첫째, 서울 토포필리아(Topophilia)의 회복

한국 문화 속에서 서울은 단순히 배경적 공간으로만 존재하지 않는다. 그동안 서울에 대한 탐색은 공간의 종속적 가치인 풍경적 관찰과 내면화에만 치중하였다. 장소로서의 '서울'은 이곳저곳 옮겨 다니면 그만인 것처럼 인식되었다. 땅을 팔고 사는 토지로서 생각하는 것과 마찬가지다. 하지만 서울이라는 장소를 '터'나 '터전'으로 여기면 그것은 매우 다른 의미가 된다. 그러므로 삶의 터전으로서의 '서울'은 무엇인가 가치지향성이 높다. 단순하게 물리적인 대상도 아니고, 지도나 지적도에 오르면 그만일 객체도 아니다. 그것은 의미론의 대상이다. 능동적으로 작용하는 동태(動態)다. 또 스스로 말하는 기호론의 체계인 것이기도 하다. 그런 측면에서 서울 시민을 둘러싼 자연적, 인공적 환경을 특정 장소로 바꾸는 또 다른 경향을 한국 문화 속에서 포착하고자 한다. 우리는 이를 서울 토포필리아(Topophilia : 장소애, 場所愛)의 표출로 기획하였다. 이는 서울을 단지 장소로서만 포착하려는 것에서 벗어나 서울 사람들을 둘러싼 자연적, 인공적 환경을 장소로 바꾸려는 개념이다. 한국 문화 속에 나타난 서울 시민의 다양한 경험을 통하여 서울을 친밀한 공간으로 바꾸려는 것이다. 궁극적으로 서울이 낯선 공간으로 신기성만을 제공하는 것이 아니라 서울을 찾는 사람들이 구체적으로 자신과 직접적 관련이 있는 낯익은 장소로 다가갈 수 있는 동기를 부여하려는 것이다.

둘째, 서울의 공간 테마 구축

한국 문화 속에서 추출된 서울 토포필리아의 회복을 통해 서울을 '삶의 궁극적 공간', '삶의 주체적 공간', '삶의 실천적 공간'으로 주제화하여 제시하고자 한다.

서울은 '삶의 궁극적 공간'이다. 즉, 삶과 죽음이 공존하고 있다. 그런 측면에서 인간의 원초적이고 근본적인 삶과 죽음의 문제에 토대가 되는 인간학을 서울 전통문화의 관점에서 검토한다. 또한 급격한 근대화와 자본주의로의 이행 과정에서 드러난 서울 문화의 가치관과 정체성 혼란 등의 갖가지 문제를 고찰하여 글로컬(Glocal) 시대에 능동적으로 참여할 수 있는 이념적 가능성을 모색한다. 더불어 서울 공간에서 펼쳐지는 사자(死者)의 세계와 이승의 소통을 다룬다. 서울의 통과의례, 죽음의 배려와 죽음의 기억을 다루며, 서울의 제례문화가 어떻게 산 자와 죽은 자를 소통시키며 어떻게 오늘날 서울에서 죽음에 대해 성찰하게 하는지를 고찰한다.

서울은 '삶의 주체적 공간'이다. 즉, 인간과 인간이 공존하는 공간이다. 한국 사회가 갖고 있는 인간 불평등의 가장 첨예한 양상 중에 하나가 젠더의 문제다. 서울살이에서도 벗어날 수 없는 사회적 담론이다. 이러한 젠더의 문제를 서울의 공간적 완충지대 접근을 통해 구체적인 실천 방안을 제시한다. '세대'는 서울살이의 또 다른 문제다. 근대화 과정을 압축적이고도 급속도로 경험한 한국 사회를 되돌아볼 때 세대의 문제는 쟁점적이다. 서울의 공간 속에 잔존하는 갈등 양상을 성찰하면서 새롭게 조명한다. 그리고 '빈부'의 문제 역시 서울이 안고 있는 중요한 인간 차원의 쟁점이다. 그런 측면에서 서울의 완충지대적 역할은 한국 사회의 빈부 문제를 새롭게 접근할 수 있을 것으로 기대된다.

서울은 '삶의 실천적 공간'이다. 서울은 수많은 개체와 공동체가 이룬 삶의 공간이다. 서울에는 사회적 민중계층, 즉 노숙인, 저소득층, 이주노동자, 결혼 이민자 등이 공존하고 있다. 서울에는 다른 종교, 다른 문화, 다른 체제가 함께하고 있다. 서울을 사회문화적 인간 집단의 공간으로서 관심을 두어야 한다.

'시'와 함께 서울 산책

· 홍승희 ·

1. 서울. 기억.

어린 시절 내게 서울에 가는 것은 곧 할머니 댁에 가는 길이었다. 버스를 타고 다시 지하철을 타고 서울까지 가는 길은 한 시간이 훨씬 넘게 걸려 예닐곱 살 아이에게는 쉽지 않은 일이었다. 그렇지만 내가 사는 곳과 사뭇 다른 주변 환경 때문에 할머니네 가는 길은 신나는 소풍길 같았다. 인천에 살았지만 아파트촌에 살던 내게 눈 오는 겨울이면 마을버스도 올라가길 포기하는 꼭대기 동네는 시골과 다름없었다. 게다가 우리는 감히 꿈도 꾸지 못하는 강아지가 있는 곳이었다. '독구'

라고 불렸던 까만 털의 강아지가 새하얀 털로 변해 어느 날 사라져버
릴 때까지 할머니네 대문에서부터 꼬리를 홱홱 치며 우리를 반겨주던
곳이었다.

　성북동 할머니 댁은 바위가 층계처럼 형성되어 있는 산비탈에 위치
하고 있었는데, 비탈 쪽을 차지하는 마당에는 담장을 대신하여 큰 바
위가 솟아 있었다. 하늘을 찌를 듯 높이 솟아 있는 바위에 올라서는 것
이 나에게는 신나는 놀이였다(그 시절, 겁 많은 동생은 무서워서 감히
올라오지 못했다). 그 바위 꼭대기에 올라서면 우리나라가 한눈에 보
이는 것처럼 느껴졌다. 똑같은 아파트만 눈에 들어오던 우리 집 베란
다에서 보이는 것과는 영 다른 풍경이었다. 멀리 보이는 곳이 우리 집
이라고 사촌 언니에게 알려줬다. 그때는 저렇게 먼 곳에서 반짝이는
불빛은 우리 동네임이 틀림없다고 생각했던 탓이다. 세상의 모든 곳을
한 번에 볼 수 있는 그런 멋진 장소는 그곳뿐인 것 같았다.

　층계를 이루는 바위 틈틈이 꽃이 피고, 어디선가 강아지와 고양이가
다투는 소리가 들리던 곳. 동화처럼, 할머니네 앞집 고양이 '나비'와
우리 집 '독구'가 서로 꼬리 물기를 하는 것처럼 마당을 뱅글뱅글 돌
아 나와 동생을 한없이 웃게 만들었던 곳. 암모니아 냄새와 어두컴컴
한 불빛 때문에 화장실이 무서운 곳이라는 생각을 갖게 만들었던 곳.
밤마다 다락에서 뛰어다니는 쥐떼들의 소리를 쥐가 운동회 하는 거라
생각했던 곳. 부엌과 방을 연결하는 조그만 창을 통해 할머니에게 반
찬을 건네받았던 곳. 추운 겨울날, 할머니 몰래 '독구'를 이불 밑에 숨
겨주고 함께 잠들었던 곳. 창호지의 찢어진 틈으로 바람이 들고 나던

곳. 방문을 열고 나와 쪽마루에 서서 삼촌과 고모들의 이름을 마음대로 불러대면서 신나게 놀던 곳. 그곳이 바로 내 기억 속의 서울이다.

오늘은 아현동 산동네에 갔다

오래전 월세 들어 살던 방, 더듬이가 긴 곤충들이 출몰하던 방, 연탄불을 넣던 방, 이 도시의 야경을 내려다보며 울먹이던 방, 외롭던 방, 고맙던 방, 아주아주 춥던 방,

그 시절 내 마음에 전세 들어 살던 첫 애인을 생각하는 밤, 나의 아름다운 남동생의 흐려진 얼굴빛을 걱정하는 밤, 고단한 토끼에게 아무 약효도 없는 안약을 건네던 밤, 가난한 추억과 합체하던 밤,

아현동 산동네를 내려와 찾아간 'BAR다' 어둡고 낡은 나무계단 끝에서 화장실이 어딘지 모르고 서 있는 머리 긴 외국 남자에게 "너는 왜 여기 서 있니? WHY?"라고 물으며 괜스레 친절하고 싶던 밤, 함께 여기를 뜨자고 말하면 주저없이 따라가고 싶던 밤, 국적도 모국어도 잃어버리고 싶던 밤, 나 스스로에게 "너는 왜 여기 서 있니? 왜?"라고 자꾸 되묻던 밤,

어떤 댓가를 치르더라도 개를 기르는 사람들이 있다고 한다 어떤

댓가를 치르더라도 가난에서 벗어날 수 없는 사람들이 있다고 한다
어떤 댓가를 치르더라도 열정을 따라가는 사람들이 있다고 한다 그
런데 나는 왜 여기 서 있니? 왜?

—「post-아현동」, 안현미[1]

내 기억 속 서울의 모습은 안현미가 그리는 서울의 산동네 모습에서 찾아볼 수 있었다. 즉, 이것은 나만의 기억, 개인의 일화가 아니라 과거의 서울에 살았던 혹은 서울의 기억을 안고 있는 이들이 공감할 수 있는 공통적인 정서였던 셈이다. 과거와 현재를 연결해주며 내 삶의 한 부분을 차지하고 있는 '서울' 어느 변방에 대한 기억을 상기할 때, 우리는 아련한 감정 속에서 과거가 주는 풍부하고 따뜻한 울림을 느낄 수 있다. 비록 그곳이 '더듬이가 긴 곤충이 출몰하여' 나를 놀라게 하고, '가난한 추억과 합체하' 는 그런 공간이었다 할지라도 말이다.

'서울' 의 외부에서 서울을 떠올릴 때 어떤 감정을 느끼게 될까. 우선 대한민국의 수도라는 이름이 부여하는 엄중한 이미지와 더불어 시골과는 사뭇 다른 무엇인가가 있을 것이라는 기대감일 것이다. 수많은 자동차와 빌딩 숲이 가지고 오는 현기증, 혹은 복잡한 길들과 바쁘게 움직이는 사람들의 틈 속에서 느끼게 되는 소외감일지도 모른다. 그렇지만 이런 마음은 서울에 머무르게 되는 기간이 길어질수록 서울 역시 사람 사는 곳이며, 정 붙일 수 있는 공간이라는 진실을 받아들이게 된

---

[1] 안현미, 『이별의 재구성』, 창비, 2009.

다. 결국 삶의 배경 속에 녹아드는 서울의 모습은 외롭게 울먹이던 곳이었음에도 불구하고, 한 시절을 키워준 곳이며 그리움이 남는 공간으로 남게 된다. 그러기에 '오늘은 아현동 산동네에 갔다// 오래전 월세 들어 살던 방'을 보기 위하여.

지금의 서울 혹은 지금 내가 있는 곳은 떠올리며 회상하는 그곳, 아현동과는 시간적·물리적으로 떨어진 공간이다. 기억의 부스러기를 더듬는 것은 '나는 왜 여기 서 있는지'를 알기 위해, 이해하기 위해 선택된 출발점이었다. 과거를 되새겨봄으로 내가 무엇을 했는지, 무엇을 원했는지, 현재의 내 모습은 과연 꿈꾸던 그 모습인지 확인하기 위한 방법이 되는 셈이다. 어떤 대가를 치르더라도 개를 기르고, 열정을 따라가는 사람이 된 것일까 아니면 혹여 그저 가난에서 벗어나지 못한 사람으로 남게 된 것일까. 스스로 돌아보고 판단하게 되는 순간의 불안은 기억 속의 장소를 돌아보는 동안 계속된다. 추억이란 이름의 기억은 따뜻하지만, 때로는 돌아갈 수 없는 그 시절에 대한 향수가 잔인하게 풍기는 법이다. 아현동에서 내려온 발걸음은 이제 어디로 가야 하나.

이제 서울이라는 지역에서 잊힌 것, 그러나 영영 사라져버려서는 안 되는 기억에 대해 이야기해보자. 우리 삶의 터전을 떠도는 이야기가 무엇이었는지 회상하면서, 혹여 잃어버리고 온 것은 없는지 뒤돌아보면서 말이다. 산동네의 여러 집들이 모여 있던 공간, 논밭을 일구며 살던 시골과 크게 다르지 않았던, 서울이 빌딩으로 가득 찬 도회지의 풍모를 풍기기 전의 그 시절을 회상해보자는 것이다.

낙산공원

동짓달에도 치자꽃이 피는 신방에서 신혼 일기를 쓴다 없는 것
이 많아 더욱 따뜻한 아랫목은 평강공주의 꽃밭 색색의 꽃씨를
모으던 흰 봉투 한 무더기 산동네의 맵찬 바람에 떨며 흩날리지
만 봉할 수 없는 내용들이 밤이면 비에 젖어 울지만 이제 나는 산
동네의 인정에 곱게 물든 한 그루 대추나무 밤마다 서로의 허물
을 해진 사랑을 꿰맨다
……가끔……전기가……나가도……좋았다……우리는……

새벽녘 우리 낮은 창문가엔 달빛이 언 채로 걸려 있거나 별 두

서넛이 다투어 빛나고 있었다 전등의 촉수를 더 낮추어도 좋았을
우리의 사랑방에서 꽃씨 봉지랑 청색 도포랑 한땀 한땀 땀흘려
깁고 있지만 우리 사랑 살아서 앞마당 대추나무에 뜨겁게 열리지
만 장안의 앉은뱅이저울은 꿈쩍도 않는다 오직 혼수며 가문이며
비단 금침만 뒤우뚱거릴 뿐 공주의 애틋한 사랑은 서울의 산 일
번지에 떠도는 옛날 이야기 그대 사랑할 온달이 없으므로 더더욱
　　　　　　　　　—「서울에 사는 평강공주」,❷ 박라연

　　없는 것이 많아서 따뜻했던 아랫목과 가끔씩 전기가 나가서 더 좋았
던 그곳은 '서울의 산 일번지' 였다. 따라서 더 이상 이런 모습은 오늘
날의 서울에서 기대할 수 없는 공간이 되었다. 인왕산에 호랑이가 살
았다는 이야기가 전설처럼 느껴지는 오늘은 가끔씩 날뛰는 멧돼지가
뉴스를 장식하는 소재로 등장할 뿐, 자연과 소통하는 서울의 공간적
기능이 상실되었음을 상기시킨다. 이는 사람들이 사는 곳이 늘어갈수
록 번지를 잃어가는 비둘기 이야기❸를 통해 서울이 점점 도시화되면
서 자연과 멀어졌음을 보여주었던 것과 같은 맥락이다. 그러나 역설적
으로, 자연과 단절된 현실을 경계하는 태도는 우리에게도 '꽃씨 봉지

---

❷ 박라연, 『서울에 사는 평강공주』, 문학과지성사, 2000.
❸ "성북동 산에 번지가 새로 생기면서 / 본래 살던 성북동 비둘기만이 번지가 없어졌
다. _「성북동 비둘기」, 김광섭 시 전집, 문학과지성사, 2005, p.236. 「성북동 비둘기」
보다 먼저 쓰인 김광섭의 다른 작품 「서울에 둔 무덤을 찾아」나 「석양 종로」를 보면 오
백년 도읍지로서의 서울과 삶과 죽음을 한자리에서 이어주는 공간으로 서울의 모습이
드러난다.

랑 청색 도포랑 한땀 한땀 땀흘려 깁던’ 시절이 있었음을 떠올리게 만든다.

서울은 끊이지 않고 공사가 진행되고 있다. 도로를 건설하고, 집을 짓고, 다리를 만들면서 계속 자라나는 것처럼 보인다. 그러나 이렇게 자꾸만 커가는 외형에도 불구하고, ‘사랑할 온달이 없으므로’ 삭막한 공간이 되어버렸다. ‘평강공주와 바보 온달’은 많은 것을 가지고 있는 사람의 희생을 통해서 이루어진 사랑 이야기이다. 이런 이야기가 사람들에게 끊임없이 회자되었던 것은 그들이 일깨워준 사랑의 의미 때문이었을 것이다. ‘평강공주’는 자본주의 논리로는 설명할 수 없는 인물이다. 안락하게 살 수 있는 신분을 포기하고, 경제적인 모든 이익을 희생하며 온달을 사랑했다. 그런데 오늘날의 서울은 아스팔트로 단장하고 있어 자연과의 소통을 거부할 뿐만 아니라, 온달을 찾을 수 없는 평강공주가 살고 있다는 것을 통해 인간 사이의 소통 역시 단절된 공간이 아닌가 하는 반성을 유도하고 있다.

‘서로의 허물을 해진 사랑을’ 한 땀 한 땀 꿰매주는 곳은 바로 서울의 외곽, 우리가 지금 떠올리는 서울의 모습에서 벗어난 공간이기에 이 이야기는 옛날이야기일 수밖에 없다. 아니 사랑으로는 ‘저울은 꿈쩍도 하지 않는’ 다는 것을 알게 된 자본주의 현대사회에서 더 가치 있는 것은 무엇인가 하는 질문을 품고 있기에 이 이야기는 전설이 될 수밖에 없다. 그렇다면 도시화된 서울에서 사람들이 떠올릴 수 있는 것은 잃어버린 사랑에 대한 향수뿐인가 하는 의문이 생기게 된다. 지금의 서울은 모든 감정으로부터, 정신적인 것으로부터 단절된 삭막한 현실만 남았다라고 평가해야 하는가.

　내 기억 속의, 어린 시절 경험했던 서울은 지금도 나의 삶에서 충만한 기쁨과 행복을 불러일으키는 장소로 작용하고 있다. 사라져버린 것은 언제나 아름답게 기억되기 때문에 우리에게 돌아갈 수 없는 과거 서울의 모습은 깊은 향수와 그리움을 전해주는 충분한 역할을 나름대로 수행하고 있다. 결국은 서울이 과거의 모습과 다른, 도시화가 이루어졌기 때문에 우리가 간직하고 있는 아련한 기억을 더 가치 있는 것으로 만들어주고 있다는 것이다. 이런 점은 아이러니하다고 표현할 수밖에 없을 것이다. 변하지 않았다면 알 수 없는 것, 그러나 변하지 않았다 하더라도 똑같을 수는 없으므로 우리는 늘 달라져버린 것에 대해 안타까움을 간직하고, 예전의 모습이 어떠했는지 궁금해 하고 그리워하게 된다. 청계천을 복원하고, 궁궐에서 수문장 교대 의식을 다시 거행하는 것은 관광 자원으로 활용하기 위한 것만은 아닐 것이다.

　과거를 재현하는 것은 우리가 간직하고 있는 것을 잊지 않기 위한 한 가지 방편이면서 동시에 과거와 현재가 얼마나 달라졌는지를 스스로 인지할 수 있게 해주는 역할을 하는 셈이다. 과거를 새롭게 환기시키는 것은 비루한 현재를 포장하기 위한 방편일 수 있다. 사실 돌아보면 남는 것 없던 시절이었음에도 불구하고 온달이 없는 현재를 잊기 위한 방식으로 과거를 따뜻한 공간으로 환기하는 것처럼 말이다. 아무것도 할 수 없고, 변화시킬 수 없었던 그 시절을 그리워하는 것은 나의 무너져버린 현재를 이해할 수 있는 공간이라는 이유가 절대적일 것이다. 우리가 지금 어디에 있는지, 무엇을 하기 위해 왔는지 되돌아보는 과정으로 지난 시절 우리가 '서울'에서 겪으며 느꼈던 것을 회상하며 은폐된 것들을 들춰보며 다시 오늘을 살아갈 힘을 찾아내는 것이 아닐까.

2. 서울. 현재.

우리에게 오늘날의 서울은 화려한 도시의 모습을 먼저 선보이며 각인시킨다. 텔레비전에서 비춰주는 서울의 영상은 끝없이 이어진 고층 빌딩 사이로 잘 차려입은 사람들이 바쁘게 움직이며 생활하는 모습을 포착하곤 한다. 세상 어느 도시 못지않게 세련되고 활기찬 삶이 살아 숨 쉬는 곳으로 표현되는 서울은 우리나라 경제 발전을 위한 원동력의 근원지이며, 한류의 인기에 힘입은 관광 도시로 성장해가고 있다. 그러나 이러한 모습 이전에 서울은 많은 이들의 삶의 터전이며 생활의 장소, 추억의 공간이었다. 산업화 · 도시화되면서 예전의 모습이 많이 사라져버렸지만, 서울은 전설이 살아 숨 쉬던 바로 그 장소였다.

나는 잠시 골목 끝에 서서
오래된 것은 오래되어서 좋다고 생각하고 있다
오래된 친구 오래된 나무 오래된 미래
다시 태어날 수 있는 나무가 미래일까
미래도 없이 우린 너무 오래되었다
오래된 몸이 막다른 골목 같아
오래된 나무 아래 오래 앉아본다

세상의 나무들 모두 무우수(無憂樹) 같아

그 자리 비켜갈 수 없다

나는 아직 걱정 없이 산 적 없어

무우(無憂) 무우하다 우우, 우울해진다

그러나 길도 때로 막힐 때가 있다

막힌 길을 골목이 받아적고 있다

골목은 사라지는 것이 아니라 살아지고 있다고

옛집 찾다 다다른 막다른 길

너무 오래된 골목

—「오래된 골목」에서, 천양희[4]

여기 또 오래전 살던 곳을 찾아가는 발걸음이 있다. 너무나 오래된 곳이라 찾는 것이 쉽지 않다. 골목길은 모두 비슷하게 보이고, 기억도 가물가물하다. 그러나 골목들 사이에서 길을 잃고 헤매면서 오히려 오래된 것들, 오래된 친구, 오래된 나무, 오래된 미래에 대해 찬미한다. 그렇게 길을 걸으며, 어느 골목을 깊숙이 들어갔을 때 막다른 곳과 마주하게 된다. 곧 자신은 오래 살았음에도 불구하고 걱정 없이 산 적이 없다는 새삼스러운 자각을 하게 되고, 자신의 바람을 담아 무우(無憂)하고 소리 내어 본다. 그러나 '무우'라는 발음은 마치 '우울'처럼 들리며 기분을 가라앉게 만든다. 하지만 곧, 또다시 오래전 그 골목이 사

---

[4] 천양희, 『오래된 골목』, 창작과비평사, 1998.

우면산

라진 것이 아니라 살아가고 있는 방식이라고 긍정적으로 받아들이면서 옛집을 찾는 발걸음을 옮긴다.

이러한 누군가의 모습은 서울의 많은 곳에서 일어났을 법한 일이다. 전체적으로 도심 곳곳에서 끊임없이 재개발이 이루어지는 서울에서, 과거 언제인가 이쯤에서 일어났던 일이라 여겼던 것, 혹은 내가 살았던 생활의 장소가 전혀 다른 곳으로 낯설게 변해버린 것을 발견하는 것은 종종 있을 법한 일이기 때문이다. 내게는 특별했던 곳이 더 이상 어떤 추억의 흔적도 남겨놓지 않고 변한 것을 발견했을 때 우울한 기분이 든다. 그러나 막다른 곳에 부딪혔을 때, 붙잡고 나아갈 수 있는 것은 그만큼 내가 오래 버텨왔다는 사실 때문이다. 추억을 따라 걸어가는 길은 오래될수록 더 길어질 것이고 더 탄탄해진다.

골목을 걸으며 옛집을 찾는다는 것은 과거와 조우하려는 행동이며, 흩어져버린 지난날에 대한 반성의 몸짓이다. 그렇기 때문에 골목을 걸어가는 자는 계속해서 즐거운 마음과 우울한 마음이 요동치는 불안한 심리 상태를 숨길 수 없게 된다. 그러나 이렇게 오래된 골목을 걸어가며 옛 일을 회상하는 것은 바로 오늘을 살기 위한 움직임이다. 기쁨과 슬픔을 동시에 나누어주는 곳. 그 속에서 갖게 되는 오래된 것들에 대한 단상은 우리를 과거에 집착하게 만드는 독으로 작용하기도 하고, 다시 살아갈 힘을 주는 약으로 작용하기도 한다는 것을 이미 경험을 통해 알고 있다. '오래' 되었기 때문에 만들어지는 가치는 바로 오늘날 빛을 발하게 된다. 지난 경험을 바탕으로 쌓인 오늘 다시 옛 길을 걷는 것은 바로 살아갈 힘을 충전하기 위한 걸음일 것이다.

튼튼한 것 속에서 틈은 태어난다
서로 힘차게 껴안고 굳은 철근과 시멘트 속에도
숨쉬고 돌아다닐 길은 있었던 것이다
길고 가는 한 줄 선 속에 빛을 우겨넣고
버팅겨 허리를 펴는 틈
미세하게 벌어진 그 선의 폭을
수십 년의 시간, 분, 초로 나누어본다

아아, 얼마나 느리게 그 틈은 벌어져온 것인가

그 느리고 질긴 힘은

핏줄처럼 건물의 속속들이 뻗어 있다

서울, 거대한 빌딩의 정글 속에서

다리 없이 벽과 벽을 타고 다니며 우글거리고 있다

지금은 화려한 타일과 벽지로 덮여 있지만

새 타일과 벽지가 필요하거든

뜯어보라 두 눈으로 확인해보라

순식간에 구석구석으로 달아나 숨을

그러나 어느 구석에서든 천연덕스러운 꼬리가 보일

틈! 틈, 틈, 틈, 틈틈틈틈틈……

어떤 철벽이라도 비집고 들어가 사는 이 틈의 정체는

사실은 한 줄기 가냘픈 허공이다

하릴없이 구름이나 풀잎의 등을 밀어주던

나약한 힘이다

이 힘이 어디에든 스미듯 들어가면

튼튼한 것들은 모두 금이 간다 갈라진다 무너진다

튼튼한 것들은 결국 없어지고

가냘프고 나약한 허공만 끝끝내 남는다

—「틈」, 김기택[5]

---

[5] 김기택, 『바늘 구멍 속의 폭풍』, 문학과지성사, 1994.

　　서울의 중심부라 할 수 있는 도심 한복판, 예를 들면 광화문과 종로 일대 혹은 압구정과 강남 일대를 떠올리면 특색 없는 빌딩과 아파트가 무수하게 들어차 있는 모습을 연상할 수 있다. 이는 철근과 시멘트로 지어진 현대 건축물의 전형적인 모습을 보여준다. 사실 아스팔트가 깔린 길 양쪽으로 늘어서 있는 건물들은 서울의 중심부가 아니더라도 쉽게 접할 수 있는 풍경이다. 오히려 낮은 층수의 건물을 발견하기가 쉽지 않을 만큼 서울의 중심부는 고층 빌딩숲을 이루고 있다. 서울 타워라던가 63빌딩에 올라가 서울의 전경을 내려 본다면, 한강을 중심으로 늘어서 있는 자동차 행렬의 불빛과 더불어 밤늦은 시각까지 불을 켜두고 있는 수많은 건물 때문에 화려한 도시의 모습을 감상할 수 있다. 이것이 바로 오늘날 서울이 보여주는 아름다운 도시의 모습이다.

　　그러므로 이런 도시의 모습을 지탱하는 건축물에 존재하는 '틈'은 일부러 만들어냈을 리가 없다. 그런데 '틈'은 튼튼한 것 속에서 더욱 도드라지게 드러난다. 철근과 시멘트로 만들어져 단단한 그것 속에서 미세하게 세력을 키우고 있는 것으로 묘사되는 것은 우리가 '금갔다'고 표현하는 허공을 의미한다. 허공은 '구름이나 풀잎의 등을 밀어주는 나약한 힘'이지만, 튼튼한 것을 없애고 결국 마지막까지 남게 되는 것이다. 보이는 것은 화려한 건축물로 이루어진 도시의 모습이지만, 이 모습 속에 숨겨져 있는 그러나 어디엔가 그 꼬리를 보이고 있는 '틈'이 서울의 모습을 지탱하는 것이라는 역설을 우리는 발견할 수 있다. 그렇다면 이러한 역설은 바로 앞에서 언급했던 사라져버렸다고 여겨지는 것들, 자본주의사회에서 가치 없이 여겨지는 사랑의 흔적이 아

강남터미널

닐까. '가냘프고 나약한 허공만 끝끝내 남는' 것이 진짜라고 이야기하는 것은 우리가 볼 수 없는 것들, 감춰져 있는 것들 속에서 본질적인 의미를 발견해야 한다는 것을 의미할 것이다.

오늘날 서울에 산다는 것은 '거대한 빌딩의 정글 속에서' 살아간다는 것이다. '정글'은 바로 적자생존의 법칙이 존재하는 곳으로, 인정과 자비를 구하는 세계와는 너무나 동떨어진 곳이다. 그렇지만 '틈'이 '튼튼한 것 속에서 태어난다'는 사실을 상기한다면 단단하여 파고들 곳이 전혀 없는 것처럼 여겨지는, 과거 우리에게 존재했던 희생적인 사랑과 정서적 공감의 세계가 바로 그 단단함 속에서 생길 수 있다는 것을 보여주는 것으로 읽을 수 있게 된다. 이 사회에서도 중요한 것은 그다지 변하지 않았다는 것을, 부드러움이 단단한 것보다 더 강하다는 것을 우회적으로 보여주고 있는 셈이다.

튼튼한 것 속에서 태어나 성장하는 '틈'은 오래된 것을 찬양하며 골목을 걷던 그 사람이 찾는 바로 그 길처럼 느껴진다. '허공'은 모든 곳을 향해 뚫려 있으나, 단단한 것 속에 쌓여 있어 보이지 않는 상황이 바로 오늘날의 모습을 보여주고 있는 것과 다름없으니 말이다. 튼튼함과 약함이 공존하는 오늘을 보여주는 것은 기쁨과 슬픔이 함께하는 것을 다른 식으로 표현한 것에 지나지 않을 것이다. 아름답지만 비통한, 기쁨과 슬픔이 함께 어우러지는 모든 감정을 한꺼번에 발산하는 기억의 장소, 도시 '서울'은 외형적으로 변했음에도 불구하고, 내 속에 간직되어 있는 그 모습을 어디선가 발견할 때마다 살아나게 된다. 이것은 모든 이가 가지고 있는 '고향'에 대한 감정이면서 동시에 여전히 낯선 곳으로 인식되는, 이중적 감정이 혼재하여 빚어내는 완충지대 서울의 모습인 셈이다. 추억의 공간 속에 있는 서울은 현재와의 비교 속에서만 빛을 발하게 된다는 사실은 서울의 현재가 전설 속의 그 시대를 품고 있는 것이라 이야기하는 듯하다.

3. 서울. 여행.

그림을 좋아하는 아빠의 취미 때문에 어릴 때부터 서울에 가는 길은 미술관과 박물관을 들르는 것이 주요 일과 중의 하나였다. 놀이동산에 함께 간 기억은 희미한데 비해, 지루한 미술관에서 그림들을 보며 이런 것을 이해하게 되는 날이 어른이 될 때라고 여겼던 기억은 생생하다. 가끔씩은 고궁도 거닐었다. 인사동의 미술관과 광화문에 있던 박물관 가까이에 경복궁과 덕수궁이 있었기 때문일까. 넓은 마당에 처마가 예쁜 집들이 있던 궁궐을 걷는 일은 참 좋았다. 서울에 살고 있는 지금도 어릴 때 갔던 장소를 다시 찾아가면 마치 여행 온 기분이 들 때가 있다. 물론 그 장소가 지금은 무수한 사람들이 찾아다니는 서울의 대표적인 관광 명소이기도 하다.

무엇이든 어떤 대상을 이해하기 위해서는 현재의 모습뿐만 아니라, 그것을 이루고 있는 과정과 배경에 대한 설명을 빠뜨릴 수 없다. 이는 비단 사람에게만 해당되는 것이 아니다. 도시, 국가를 이해하는 것도 포함되는 일이다. 그렇기 때문에 과거와 현재, 미래를 이어주는 끈을 이해하기 위해 박물관으로, 고궁으로 사람들이 모여드는 것 같다. 우리나라의 다른 어떤 곳에 비해도 '서울'은 조선시대의 수도였다는 사실 때문에 근대사의 중요한 부분을 차지하고 있는 곳이다. 따라서 이곳은 어쩌면 우리나라를 이해하기 위해 가장 먼저 살펴야 할 곳이 아닌가 싶기도 하다. 우리가 무엇을 바라보고 있는지, 그것이 지금 내게 어떤 영향을 미치는지, 그리고 앞으로 우리에게 어떤 방향을 제시하고 있는지 한눈에 들어오기 때문이다. 내 생활의 반경에서 벗어나 서울 시내 몇 군데를 둘러보면 오늘날 서울의 삶을 객관적으로 볼 수 있을 것이고, 이것은 내게 앞으로 나아갈 길을 보여줄 것이라는 생각도 든다.

경복궁이 이 나라의 왕 고종을 궁녀의 교자에 태워 중신과 백성 몰래 밖으로 내보내버린 것은 1896년 2월 11일. 영추문은 경복궁이 시키는 대로 문(門)을 열고 정동 러시아 공사관에 얻어놓은 단칸 전세방으로 가는 길만 눈으로 가리켰다.

이 나라의 겨울을 겨울답게, 겨울답게 맞이하기 위해 왕을 내보내버린 뒤 빈 궁궐로 춥고 긴 겨울을 맞이하던 경복궁. 본 사람이 있는지 모르겠다. 그 경복궁 뒤뜰 한 돌담 모서리에 다음과 같은 내용의 문구가 새겨진 바위가 이끼로 덮여 있음을.

-나를 사랑해야지
내가 남보다 먼저 나를.
구두를 닦기 싫어하는 나를
구두에 먼지가 좀 있어야 내가 사실임을.

—「경복궁_아관파천」, 오규원[6]

지금의 경복궁 안에는 우리나라에 들어온 초기 서양 건축의 영향을 받아 지어진 건물이 있다. 조선의 마지막 임금인 고종이 커피를 즐겨 마시며 휴식을 취했다는 설명이 붙어 있는 공간도 존재한다. 조선의 임금이 살던 궁궐인데, 서양의 영향을 받은 우리나라의 초기 모습을

---

[6] 오규원, 『오규원 시 전집 1』, 문학과지성사, 2009.

보여준다는 것은 아이러니하게 여겨진다. 더군다나 조선은 쇄국정책을 펼쳤던 나라이기 때문에 더욱 그런 기분이 드는 것 같다. 열강의 틈에서 어찌할 바를 몰랐던 조선의 임금은 그 역사의 몰아치는 혹독한 겨울의 시련을 겨울답게 맞이하기 위해 그곳을 떠났나 보다고 이야기한다. 시련을 그런 식으로 회피하려고 아니면 혹시 해결하려고 했던 고종의 마음을 한편 이해하는 것인지도 모르겠다.

돌담 모서리에 쓰인 낙서에서 '나를 사랑해야지' 라는 표현은 자신의 결정에 스스로도 찬성할 수 없었던 고종의 마음을 역설적으로 풀이한 것은 아닐까 하는 심정도 느껴진다. 구두를 닦는 사소한 일도 귀찮아하는 나를 사랑하는 것은, 그런 내 자신을 받아들이는 것을 통해서 가능해지는 것이다. 이처럼 서울은 지난 역사를 통해 미래로 나아가는 자리이며, 스스로의 과오를 지속적으로 반성하는 것으로 나아갈 힘을 얻는 곳이다. 이는 '서울' 이라는 공간이 역사가 운행하는 지역임을 자각시켜주는 부분이라 할 수 있다.

지나간 시간을 인정하고 받아들이는 것은 때로 쉽지 않은 일이다. 다르게 행동했으면 어떻게 되었을까 하는 것은 좋지 않은 결과를 얻고 난 후에, 누구나 하게 되는 후회일 뿐이다. 달라지지 않을 것을 알면서도 안타까움에 자책하며 후회를 계속하는 것은 문제에 고착되어 벗어나지 못하게 한다. 관광의 요지로 많은 내외국민이 찾는 궁궐을 바라보며 자신을 사랑해야겠다는 깨달음은 역사의 소용돌이 속에서 힘들게 살았던 고종을 회상하는 것으로 이루어졌다. 개인의 역사가 곧 나라의 역사가 된 것은 내가 겪는 모든 것이 우리가 살고 있는 '서울' 이

겪어내는 것을 이야기하는 것과 꼭 같아지는 것이다. 결국 서로 떼어낼 수 없는 존재가 된 셈이다.

과거는 현재라는 시간 속에서만 회상이 가능해지며, 오래된 것에 대한 찬미는 과거를 연속적인 시간 속에서 바라볼 때에만 가능해진다. 단단한 곳에서 벌어진 '틈' 역시, 단단한 것이 없을 경우 그저 허공으로 존재의 형태를 드러내지 못하게 된다. 그러므로 우리는 서로가 서로에게 빚지고 사는 셈이다. 이것은 현재를 살아가는 모든 이에게 해당하는 일이라 할 수 있다.

늙은네들만 모여앉은 오후 세시의 탑골공원
공중변소에 들어서다 클클, 연지를
새악시처럼 바르고 있는 할마시 둘
조각난 거울에 얼굴을 서로 들이밀며
클클, 머리를 매만져주며
그 영감탱이 꼬리를 치잖여—징그러바서,
높은 음표로 경쾌하게
날아가는 징 · 그 · 러 · 바 · 서,
거죽이 해진 분첩을 열어
코티분을 꼭꼭 찍어바른다
봄날 오후 세시 탑골공원이
꽃잎을 찍어놓은 젖유리창에 어룽어룽,
젊은 나도 백여시처럼 클클 웃는다

엉덩이를 까고 앉아

문밖에서 도란거리는 소리 오래도록 듣는다

바람난 어여쁜, 엄마가 보고 싶다

-「봄날 오후」, 김선우[7]

언젠가 일본 친구가 우리나라에 왔을 때, 가고 싶은 곳을 몇 군데 골라왔다. 그중에 종로의 탑골공원이 포함되어 있어 내 스스로 의아하게 생각했지만, 친구가 골라온 곳이니 인사동에 들렀다가 오는 길에 갈 수 있다고 일러줬다. 일과가 끝나고 하루 종일 서울을 구경하고 온 친구를 만나자마자, 그녀는 탑골공원에 왜 가라고 했느냐고 오히려 내게 되물었다. 글쎄, 나야 네가 가고 싶다고 하니까 일러줬을 뿐이라는 어설픈 대답을 할 수밖에 없었다. 그곳에 뭐가 있어서 할아버지, 할머니들이 모이냐는 질문도 해왔다. 이것 역시 글쎄, 나도 모르겠다는 대답밖에 해줄 수 없었다(대체 일본의 한국 관광 안내서에 탑골공원은 무엇이라 소개되었던 것일까?).

어디서 그 많은 어른들이 오시는 것일까. 왜 모이는 걸까. 누구도 조사해본 적 없으니 명확한 대답을 얻기 힘들다. 다만, 여러 방향의 지하철이 모이는 장소라는 점에 착안한다면 다양한 곳에서 쉽게 접근할 수 있고, 노인들은 지하철을 타면 교통비가 들지 않는다는 이점 때문에 이곳에 모이는 것이 아닐까 추측해본다. 그리고 소문도 한몫 했을 것

---

[7] 김선우, 『내 혀가 입 속에 갇혀 있길 거부한다면』, 창작과비평사, 2000.

이다. 그곳에 가면 말을 나눌 수 있는 누군가를 만날 수 있다는 기대감 말이다. 도시 사회에서 노인들의 위치는 매우 불안하기 그지없다. 옛 날처럼 집안의 어른으로 군림하기에 그들의 존재감은 얇아졌다. 자본 주의사회에서 노동의 가치가 없는 자들에게는 언제나 혹독하게 대할 뿐이기 때문에, 사회의 어른으로 대접받기 위해서도 일정량의 자본이 필요한 세상이다.

그런데 탑골공원에 가면, 할머니 할아버지들은 그들의 나이를 잊을 수 있을 것이다. 자신들이 공유하는 세계를 모든 것으로 받아들이는 그런 세계를 만날 것임에 틀림없다. 그래서 한때 잘나갔던 시절이 다 시 찾아온 것처럼 행세할 수 있지 않을까. 할머니들의 대화와 행동은 서울 시내 어느 커피 전문점 혹은 세련되게 꾸며놓은 음식점 등에서 젊은 여자아이들의 대화로 치환하여 생각해도 결코 다르지 않을 내용 이다. 젊은이와 다르지 않은 것은 결국 다시 그들이 중심인 그런 세상 을 살아가고 있는 것이라 할 수 있다. 이방인뿐만 아니라, 거주민 역시 일상을 탈피해 여행을 할 수 있는 공간이 바로 '서울'이 된 셈이다.

어찌 보면, 이곳에 오는 할머니 할아버지에게 일상은 탑골공원 안에 서 벌어지는 순간일지 모르겠다. 할머니 할아버지들은 서울이라는 공 간에서 살아가는 나름의 방법을 만들어놓은 것이다. 할머니 할아버지 들이 살아가는 세계로 변화시켜 만들어놓은 곳은 일상에서 도피하는 것이 아니라 일상을 새롭게 창조해낸 것으로 봐야 한다. 이는 시간대 가 다른 혹은 문화적 배경이 다른 시대를 동시에 품는 것은 여행자의 기본 태도일 것이다. 이때 서울에 사는 우리 모두는 여행자가 된다.

포스트모더니즘이 한창이던 시절

바람 부는 날이면 영등포에서 130번 버스 타고

난지도에 갔다

거기 쓰레기산에 하늘거리는 국화 꽃송이

보러 갔다 해체가 무시기 엽기인 양

생살 토막 갖다버리는 일 허다한 도회지보다

쓰다버린 물화일망정 가지런히 해체해서

꽃으로 배추로 무로, 1000원 2000원 3000원

먹고사는 일로 소화해내는

난지도의 해체가 나는 훨 신묘해

바람 부는 날이면 난지도로 갔다

쓰레기산 비탈에 육덕 좋은 엉덩이 깔고 앉은

누런 손수건의 배추포기들이

이 땅 뿌리임을 잊지 않으려

난지도 쓰레기꽃들 보러 갔다

— 「난지도 쓰레기꽃」, 송경동[8]

---

[8] 송경동, 『사소한 물음들에 답함』, 창비, 2010.

할머니, 할아버지처럼 탑골공원으로 향하는 대신 '포스트모더니즘'의 배경 아래에 사는 이는 산업화 사회의 부산물로 생산된 쓰레기들이 만들어낸 가치 없는 것의 종착지라 불리는 난지도로 떠난다. 이곳에서 보는 것은 도시에서 생산되는 가학적이고 기묘한 이야기로 변주되는 생경함이 아니라, 순환의 과정 중에 있는 해체를 목도하게 되는 것이다. 이는 자연스러운 일이며, 분명히 있어야 하는 일이다. 그럼에도 불구하고 우리는 그것을 혐오하고 껄끄럽게 대한다. 이는 쓰레기라는 외양적인 문제가 가지고 오는 현실적인 문제와 부딪히게 되기 때문이다. 그래서 난지도는 아름다운 섬이었던 시절을 포기하고, 모든 것을 감내하며 푹푹 썩혀 마침내 해체의 과정에 다다르게 만드는 곳으로 변모하였다. 이곳에서 느낄 수 있는 것은 자연스러운 과정을 그대로 받아들일 수 있는 용기일 것이다. 이는 요즘 유행하는 '동안'이나 날씬한 모습만을 과대 포장하는 사회에서는 볼 수 없는 일이다. 저마다의 개성은 무시하고, 모두 똑같이 예쁘고 날씬해지기만을 원하다 보니 자연스러운 변화의 과정을 받아들이지 못하게 된다.

지금 난지도 쓰레기매립장은 사라졌다. 그곳은 생태공원이라는 이름으로 여러 개의 공원이 조성되었고, 캠핑장도 마련되어 많은 사람이 휴식을 취하는 곳으로 변모하였다. 사물의 마지막 해체의 장소였던 곳이 다시 생명을 품는 곳으로 탈바꿈하기까지 오랜 세월이 필요했다. 난지도는 처음부터 쓰레기장이 아니었던 것처럼, 다시 새로운 삶의 형태로 돌아온 것이다. 물론 그것이 사람들의 계획 속에서 쓰레기장으로, 다시 공원으로 만드는 과정이 있었다는 것은 사실이지만, 자연 그

서울 한강변

대로의 사라짐을 아름다움으로 생각하고 바라보는 것처럼 쓰레기꽃을 바라보는 이에게는 죽음이 다시 삶과 연결될 수 있는 밑거름이 되었다는 점에서 조금은 안도하지 않을까 싶다.

변하지 않는 것은 없다. 우리의 추억도 변하고, 살고 있는 곳도 변하고, 현실도 수시로 변하기 마련이다. 그래서 우리는 늘 여행자 같은 기분이 드는 것일지 모르겠다. 그렇지만 어디서나 이 모든 변주를 기쁘

게 받아들일 수 있는 공간이 존재한다는 것은, 다양한 변화의 움직임
이 존재하는 곳에 거한다는 것은 우리가 더 많은 것을 이해하고, 이해
받을 수 있는 여지를 갖게 된다는 것을 의미할 것이다. 그 공간이 바로
오늘, 내가 살고 있는 이곳 '서울'이다.

한강 다리에서 '사랑'을 발견하다

— 김수영의 시를 통해 읽는 한강, 서울, 근대

· 김수이 ·

1. 한강, 서울의 역사가 흐르는 곳

한강은 대한민국 수도 서울의 정치·경제·사회·문화·역사를 압축하는 실증적 장소이자 웅숭깊은 상징이다. 흐르는 물살의 이 유동하는 공간은 1392년 조선왕조가 처음 한양을 수도로 정한 이래 한국의 중세와 근현대 역사의 줄기찬 생명력을 대변해왔다. 아이러니하게도 그 생명력은 수많은 고난과 시련을 통해 더 팽팽하게 증폭되어왔다. 조선시대에 한강의 역할은 여러 방면에서 다양하고 막대했다. 한강은 팔도 전역에서 올라오는 각종 생산물과 진상품의 집결 통로였으며, 임

금이 무소불위의 권력과 위엄을 과시하는 사치스러운 행렬의 공간이
었다. 한강 가의 경치 좋은 곳에 세워진 정자와 루(樓)는 사대부들이
음풍농월하며 소일하거나, 갖은 거사와 야합을 도모하기 위해 즐겨 찾
은 장소였다.❶ 한강의 다채로운 경제·정치·사회·문화적 역할은 당
시 힘없는 백성들이 끊임없는 착취와 폭력에 시달리며 살았음을 암시
한다. 예를 들어 조선의 임금들은 한강 이남에 있는 선조들의 묘에 능
행을 가기 위해 백성들의 배를 연결하여 그 위에 상판을 깔아 임시 다
리를 만들었는데, 이 배-다리를 만들고 해체하는 데는 각기 한 달이
걸렸다고 한다. 자본과 노동력과 시간을 일방적으로 제공해야 했던 백
성들의 노고가 어떠했을지 가히 짐작할 수 있다. 한마디로 말하면, 조
선시대에 한강은 경제적 교역의 물길이자, 지배층의 향락과 권력욕을
충족하기 위한 탈현실적이면서도 현실적인 욕망의 교차로였으며, 임
금의 권력을 뽐내기 위한 가설 다리[架橋]가 설치되는 정치적인 무대
였다. 엄청난 하중을 굳건히 지탱하는 현대식 다리를 건설할 수 없던
시대에도 한강에는 착취와 낭비의 상징인 '정자'와 '가설 다리'가 엄
연히 존재하고 있었던 것이다. 지배자와 피지배자의 균열을 묵묵히 증
거하며 설치와 해체를 반복하면서……

❶ 서울의 역사에 정통한 학자인 전우용은 15세기 한양에 활발하던 정자 건축은
16~17세기에 주춤하였으며, 18~19세기에 들어 다시 활성화되었는데, "18~19세기에
다시 꽃피운 정자 문화를 양반들의 격조 높은 풍류생활과 관련해서 이해해서는 곤란하
다"고 말한다. 정자에서 양반들은 '사적'인 모임을 갖고 '국사'를 주물렀으니, "이 시
기 정자 문화는 근대의 요정 문화나 현대의 호텔 밀실 문화의 원류였다"는 것이다.(전
우용, 『서울은 깊다』, 돌베개, 2008, pp. 106~115 참조.)

그로부터 한참 후의 일이지만, 한국전쟁이 끝나고 서정주가 동족 살육의 참혹한 상흔 앞에 목 놓아 절규했던 곳 또한 한강이었다. "강물은 무엇하러 또 풀리는가/ 우리들의 무슨 설움 무슨 기쁨 때문에/ 강물은 또 풀리는가// (…) // 무어라 강물은 다시 풀리어/ 이 햇빛 이 물결을 내게 주는가// 저 민들레나 쑥니풀 같은 것들/ 또 한번 고개 숙여보라 함인가// 황토 언덕/ 꽃상여/ 떼과부의 무리들/ 여기 서서 또 한번 더 바래보라 함인가"(서정주, 「풀리는 한강 가에서」, 『서정주시선』, 1955, 『미당 서정주 시전집』, 민음사, 1983에서 재인용) 따뜻한 봄이 되어 저절로 풀리는 한강물이, 그 물결에 반사되어 영롱하게 빛나는 햇빛이 "우리들의 설움"을 더 아프게 되살리는 비극적 아이러니가 절절하게 형상화되어 있다. 서정주가 이 시를 썼을 당시는 한국전쟁 때 북한군의 남하 속도를 늦추기 위해 우리 정부가 파괴했던 한강철교가 일부 가복구된 상태에 있던 시기였다. 참고로, 한강철교는 1900년부터 1944년까지 A, B, C의 3선으로 순차적으로 건설되었다. 1950년 6월에 3선이 모두 폭파되었으며, 이 중 일부를 가복구하여 임시로 사용하다가 1957년에 C선을 복구하고, 1969년에 3선을 완전히 복구하였다. 1994년에 D선이 새로 건설되어 한강철교는 현재 총 4선으로 이루어져 있다.[2] 서정주의 시에 명기되어 있는 것은 아니지만, 폭격에 부서진 한강철교가 흉물스럽게 걸쳐져 있는 한강과 그 한강 가를 메운

---

[2] 이 글에 활용한 한강 다리에 대한 기본 정보는 서울시 도시기반시설본부 홈페이지에 수록된 '한강다리 어제와 오늘(http://smih.seoul.go.kr/bridge/bridge01_01.html)'을 참조하였다.

한강철교_ 1900년 한강에 최초로 건설된 다리로, 노량진역과 용산역 사이를 잇는 철교이다. 현재 경인선, 경부선 등의 열차가 지나다니고 있으며, A·B·C·D의 총 4선으로 이루어져 있다. 대한제국과 일제강점기에 시간차를 두고 건설된 A·B·C선은 2006년에 대한민국의 등록문화재로 지정되었다.

꽃상여와 떼과부의 무리들을 바라보는 시인의 마음에 "햇빛"과 "물결"이 그저 아름답게 빛나기만 했을 리는 없다.

1960년대에 우리나라가 폐허에서 놀라운 경제 성장을 이룩하면서 한강은 '한강의 기적'이라는 저 유명한 수사를 얻는다. 2000년대 들어 '한강르네상스' 프로젝트가 출현한 것도 제2의 한강의 기적을 재연하려는 정치적인 야심이 바탕이 되었다. 어떻든 '한강의 기적'이 펼쳐지는 가운데 무엇보다 가시적이며 폭발적으로 늘어난 것은 한강의 다리들이었다. 서울시가 발표한 바에 따르면, 2011년 현재 한강에는 총 29

개의 다리가 있으며, 2013년 구리암사대교의 완공과 함께 총 30개로 증가할 예정에 있다.(『서울경제신문』, 2011. 9. 11. 참조) 여기에 2015년 말 완공 예정인 월드컵대교를 합하면 한강 다리는 모두 31개로 늘어나게 된다. 철없던 어린 시절, '제3한강교'(한남대교의 별칭, 1969년 완공)를 외쳐 부르던 혜은이의 이색적인 노래 〈제3한강교〉(혜은이는 이 노래로 1979년 MBC 최고가수상을 받았다)가 히트를 쳤던 일을 생생히 기억하는 사람으로서는 '헉!' 소리가 나는 일이 아닐 수 없다. "강물은 흘러갑니다아아, 제3한강교 밑을. 당신과 나의 꿈을 싣고서, 마음을 싣고서. 젊음은 피어나는 꽃처럼 이 밤을 맴돌다가 새처럼 바람처럼 물처럼 흘러만 갑니다~ " 어쩌면 그 시절 1970년대는 강물도 꿈도 마음도 젊음도 그저 유유히 흘러가기만을, 흘러갈 수 있기만을 소망하던 시절은 아니었을까. 왜냐하면 그 유유한 흐름을 막는 것들이 도처에 존재하였으니 말이다.

한강 다리는 그 수가 많기도 할뿐더러, 자그마치 110여 년에 이르는 기나긴 역사를 자랑한다. 한강 다리의 역사는 우리 근현대 역사와 맞먹는, 혹은 그 이상의 수준을 갖고 있는 것이다. 일본을 통해 서구 근대 문물을 받아들이기로 한 갑오경장(甲午更張)이 일어난 것이 한강철교 착공 2년 전인 1894년이며, 이후 신문물에 대한 열광적인 수입과 함께 생활세계의 근대화가 일어나기까지 적지 않은 시간이 걸린 점을 생각하면 실로 놀라운 일이다. 한강 다리의 역사를 통해 우리 근현대사의 역사를 읽어내도 좋을 근거는 이것만으로도 충분할 것이다.

'자유'와 '정직'의 대명사, 소시민의 일상생활 속에서 혁명을 이행한 시인, 현실과 역사에 대한 비판정신으로 우리시사에 큰 획을 그은 시인. 김수영의 시에는 한강 다리가 중요한 오브제로 등장한다. 특히 김수영의 시세계를 대표하는 문제작들 가운데 「거대한 뿌리」와 「현대식 교량(現代式 橋梁)」에는 1960년대 한강 다리에 대한 김수영의 관점과 체험이 생생하게 반영되어 있다. 두 편의 작품은 한강 다리가 김수영의 비판의식과 상상력, 시정신에 얼마나 깊숙이 관여했는지를 알게 해준다. 이를 살펴보기에 앞서, 한강 다리의 역사를 잠시 돌아보면서 김수영이 바라보고 건너다니고 시화했던 1960년대의 한강 다리의 모습을 상상해보기로 하자.

한강 최초의 다리인 한강철교는 1896년에 착공되어 4년 만인 1900년에 완공되었다. 미국인 제임스 모스가 대한제국 정부에게 부설권을 얻어 시행한 한강철교 건설은 한국 최초의 근대식 토목공사였다. 그후 1917년에 일본 총독부가 한강 최초의 인도교인 한강대교를 건설하였는데, 이 다리는 장안 사람들의 화제를 독차지하며 서울의 명물이자 구경과 산책의 명소가 된다. 한강대교 역시 한국전쟁 때 파괴되었다가 1958년에 복구된다. 1930년대에 교통량이 급증하면서 1936년 광나루에 건설된 광진교 또한 한국전쟁 중 파괴되었다가 1952년 미군에 의해 응급 복구된다. 한강 다리가 본격적으로 건설되기 시작한 것은 경제개발이 시작된 1960년대로, 1965년 1월 '제2한강교'로 불린 양화대교가 한강의 세 번째 도로교량으로 등장한다. '제3한강교'로 불린 한남대교는 1966년 착공해 1969년 12월 경부고속도로와 함께 개통된다. 즉, 1960년대의 한강에는 근대 초기와 식민지 치하에서 건설된 한강

양화대교_ 양화대교는 한강 다리가 본격적으로 건설되기 시작한 1960년대에 완공된 첫 번째 현대식 교량이다. 우리나라가 경제 개발에 박차를 가하던 1965년 1월 준공되었으며, '제2한강교'라 불렸다. 합정동과 당산동을 연결하며, 영등포와 인천, 김포공항으로 가는 서울의 서부 관문 역할을 한다. 다리 중간 부분에 선유도공원이 있다.

철교, 한강대교, 광진교가 복구 중이거나 복구된 가운데, 산업화시대의 출범을 알리는 양화대교, 한남대교가 속속 출현하고 있었다. 남쪽으로 가는 유일한 퇴로인 한강 다리를 필사적으로 건너던 국군과 민간인이 아군의 폭격에 몰살된 현장, 전쟁의 비극이 너울거리는 한강에 "괴기영화(怪奇映畵)의 맘모스"(김수영, 「거대한 뿌리」)처럼 모습을 드러낸 현대식 교량은 1960년대의 예민한 지식인 김수영에게 어떻게 비쳤을까? 김수영의 시선을 통해 1960년대 수도 서울을 가로지른 한강 다리의 각별한 의미를 재구성해보기로 한다.

한남대교_ 서울시 용산구 한남동과 강남구 신사동 사이를 잇는 다리이다. 한강철교, 한강대교, 광진교, 양화대교에 이어 한강에 다섯 번째로 건설된 교량으로, 준공 당시에는 '제3한강교'로 불렸다. 1966년 1월 19일 착공하여 1969년 12월 25일에 완공되었으며, 서울과 부산을 연결하는 경부고속도로의 진입 관문 역할을 한다.

2. 김수영, 한강 다리에서 '사랑'을 배우다

— 전통/현대, 젊음/늙음, 적/형제의 구별이 사라지는 '정지'의 공간

평균 폭 1km가 넘는 한강은 서울을 동서로 관통하며 남쪽과 북쪽을 가른다. 하지만 한강의 역할은 지리적 경계나 분할선에 한정되지 않는다. 한강은 오늘날 서울의 강북과 강남을 전통과 현대, 구도심과 신도시, 서민과 부자, 구세대 문화와 신세대 문화 등의 이분법적 대립관계로 인식하게 하는 데 결정적인 역할을 했다. 실제로 서울의 미개발지

이던 한강 이남(영동)이 대대적으로 개발되기 시작한 것은 1969년 제3한강교의 개통을 기점으로 해서였다. 한강 다리의 본격적인 건설이야말로 강남을 계획적인 신도시로 탈바꿈시키면서 서울의 급속한 발전을 이끄는 실질적인 원동력이 되었던 것이다. 전광석화(電光石火)에 비길 만한 서울의 발전 속도는, 안 그래도 한강에 의해 지리적으로 격절된 강북과 강남의 차이를 더욱 크게 벌려놓는다. 한강 다리의 건설은 두 지역을 연결시키는 동시에 이격(離隔)시키는 기묘한 결과를 촉발한 것이다(최근 30개에 달하는 한강 다리가 강북과 강남을 부지런히 이어주고 있지만, 그 차이가 줄어들거나 강북과 강남의 소통 가능성이 확대되고 있는 것 같지는 않다. 아마도 강북과 강남의 차이는 근래 추진되고 있는 강북 구도심 재개발 및 뉴타운 사업을 통해 '강북의 강남화', 즉 강북의 더 강도 높은 현대화를 통해 좁혀지게 될 것이다).

전쟁의 상처가 채 아물지 않은 1960년대, 한강에 위풍당당하게 건축된 현대식 교량은 대중에게 산업화의 핑크빛 환상을 심어주면서 경제개발을 관장하는 '현대문명의 신전(神殿)'과도 같은 이미지로 각인되었을 가능성이 높다. 그 이전까지 한강에 놓인 다리들이 구한말과 일제 강점기에 다른 나라의 손에 의해 건설되었다는 사실을 상기하면, 이 점은 더욱 각별히 강조될 필요가 있다. 식민지와 전쟁의 기억이 덕지덕지 들러붙어 있는 다리들과는 전혀 다른 다리가, 즉 우리가 주체가 되어 추진하는 현대화의 비전으로 찬란하고 근사한 다리가 돌연 출현한 것이다. 이때 한강은 "더러운 전통"과 빛나는 현대가 공존하는 현장이며, 치욕스러운 과거의 역사와 건강한 미래의 역사가 공존하고 교차하는 현재적 장소가 된다. 김수영의 경우를 말하자면, 1964년의 김수영은 이듬해 완공될 제2한강교(양화대교)의 건설 광경을 바라보면서, "더러운 전통과 역사"에 대한 전폭적인 긍정과 "내가 내 땅에 박는 거대한 뿌리"에 기초한 주체적 역사인식에 도달한다.

나는 아직도 앉는 법을 모른다
어쩌다 셋이서 술을 마신다 둘은 한 발을 무릎 위에 얹고
도사리지 않는다 나는 어느새 남(南)쪽식으로
도사리고 앉았다 그럴때는 이 둘은 반드시
이북(以北)친구들이기 때문에 나는 나의 앉음새를 고친다
8·15(八·一五) 후에 김병욱이란 시인(詩人)은 두 발을 뒤로 꼬고
언제나 일본여자처럼 앉아서 변론을 일삼았지만
그는 일본대학에 다니면서 4년(四年)동안을 제철회사에서
노동을 한 강자(强者)다

나는 이사벨 버드 비숍여사(女史)와 연애하고 있다 그녀는
1893(一八九三)년에 조선을 처음 방문한 영국왕립지학회회원
(英國王立地學協會會員)이다
그녀는 인경전의 종소리가 울리면 장안의
남자들이 모조리 사라지고 갑자기 부녀자의 세계(世界)로
화하는 극적(劇的)인 서울을 보았다 이 아름다운 시간에는
남자로서 거리를 무단통행(無斷通行)할 수 있는 것은 교군꾼,

내시, 외국인(外國人)의 종놈, 관리(官吏)들 뿐이었다 그리고

심야(深夜)에는 여자는 사라지고 남자가 다시 오입을 하러

활보(闊步)하고 나선다고 이런 기이(奇異)한 관습(慣習)을 가진 나라를

세계 다른곳에서는 본 일이 없다고

천하를 호령한 민비(閔妃)는 한번도 장안외출(外出)을 하지 못했다고……

전통(傳統)은 아무리 더러운 전통(傳統)이라도 좋다 나는 광화문(光化門)

네거리에서 시구문의 진창을 연상하고 인환(寅煥)네

처갓집 옆의 지금은 매립(埋立)한 개울에서 아낙네들이

양잿물 솥에 불을 지피며 빨래하던 시절을 생각하고

이 우울한 시대를 패러다이스처럼 생각한다

버드 비숍여사(女史)를 안 뒤부터는 썩어빠진 대한민국이

괴롭지 않다 오히려 황송하다 역사(歷史)는 아무리

더러운 역사(歷史)라도 좋다

진창은 아무리 더러운 진창이라도 좋다

나에게 놋주발보다도 더 쨍쨍 울리는 추억(追憶)이

있는 한 인간(人間)은 영원하고 사랑도 그렇다

비숍여사(女史)와 연애를 하고 있는 동안에는 진보주의자(進步

主義者)와

　사회주의자(社會主義者)는 네에미 씹이다 통일(統一)도 중립
(中立)도 개좆이다

　은밀(隱密)도 심오(深奧)도 학구(學究)도 체면(體面)도 인습(因
習)도 치안국(治安局)

　으로 가라 동양척식회사(東洋拓殖會社), 일본영사관(日本領事
館), 대한민국관리(大韓民國官吏),

　아이스크림은 미국놈 좆대강이나 빨아라 그러나

　요강, 망건, 장죽, 종묘상(種苗商), 장전, 구리개 약방, 신전,

　피혁점, 곰보, 애꾸, 애 못 낳는 여자, 무식(無識)쟁이,

　이 모든 무수(無數)한 반동(反動)이 좋다

　이 땅에 발을 붙이기 위해서는

　—제3인도교(第三人道橋)의 물 속에 박은 철근(鐵筋)기둥도 내
가 내 땅에

　박는 거대한 뿌리에 비하면 좀벌레의 솜털

　내가 내 땅에 박는 거대한 뿌리에 비하면

　괴기영화(怪奇映畵)의 맘모스를 연상시키는

　까치도 까마귀도 응접을 못하는 시꺼먼 가지를 가진

　나도 감히 상상을 못하는 거대한 거대한 뿌리에 비하면……

〈1964. 2. 3〉

— 김수영, 「거대한 뿌리」(『김수영 전집 1; 시』, 민음사, 1981) 전문

　김수영의 시정신의 토대인 "내가 내 땅에 박는 거대한 뿌리"의 이미지가 한강 "제3인도교의 물 속에 박은 철근기둥"에서 비롯되었다는 사실은 흥미로울 뿐 아니라 매우 중요하다. 김수영의 살아 있는 주체적인 역사인식·현대정신·시정신을 의미하는 '거대한 뿌리'는 애초에 식물적 상상력의 소산이 아니라, 다리의 기둥을 강바닥에 '박는' 건축학적 상상력의 소산이었던 것이다. 이 거대한 뿌리의 윗부분, 즉 줄기와 잎과 꽃과 열매가 작품 속에 가시적으로 그려져 있지 않은 이유가 여기에 있다. 그렇다고 하여 거대한 뿌리에서 줄기와 잎이, 꽃과 열매가 자라나지 않는 것은 아니다. 아직 피어나지 않은, 거대한 뿌리에서 장차 자라날 거대한 줄기와 잎과 꽃과 열매들은 김수영이 상상하고 소망하는, 우리가 '온몸'으로 만들어나가야 할 '사랑'의 근대를 상징한다. "놋주발보다도 더 쨍쨍 울리는 추억"과 분명 끈끈하게 이어져 있을 우리의 미래로서의 근대. 이 비가시적인 영역에서 작동하는 것은 건축학적 상상력이 아닌 식물적 상상력이다(김수영의 마지막 작품인 「풀」의 식물적 상상력은 이 지점과 연결되어 있다). 보이지 않는 형태로 형상화되어 있는 까닭에 '가능성'으로 충만하며, 우리가 만들어가야 할 '주체적 영토'로 선포되고 확정되는 우리의 근대세계!

　다시 말해 이 시에서 한강 다리의 이미지는 후반부에 등장하지만, 실상 이 시의 발상의 모티브이자 강력한 구심점으로 기능하고 있다. 김수영은 서울과 한국 역사의 실증적 장소인 한강의 흐르는 물 속 깊이 박히는 교각을 보면서 일본, 소련, 미국의 침략으로 얼룩진 우리의 역사를 생각하고, 그 치욕의 역사와 파격적이고도 전격적으로 화해하기에 이른다. 새롭게 건설되는 한강 다리가 김수영의 (무)의식에 얼마나 강렬한 인상을 남겼는지 충분히 알게 해주는 대목이다. 여기에는 당대의 시민들이 일반적으로 가졌을 한강 다리에 대한 경탄과 그 위용에 압도당한 흔적이 투영되어 있다고 볼 수 있다. 하지만 김수영은 현대문명의 무기인 '철근기둥'의 가공할 규모와 위력을 찬탄하는 쪽으로 나아가지 않는다. 한강 다리의 거대한 철근기둥을 통해 김수영은 오히려 현대문명과 현대성에 대한 비판적인 반성을 수행한다. 성찰과 균형의 감각을 바탕으로 김수영은 "철근기둥"을 "거대한 뿌리"로 변주하면서, 활기찬 생명력과 식물의 부드러움을 지닌 자신만의 특유한 주체적인 현대정신을 발명한다. 견고성, 직선, 공격성, 광물성 등의 남성적 이미지의 현대적 "철근기둥"은 이렇게 하여 유연성, 곡선, 생명력, 식물성 등의 여성적 이미지로 절묘하게 승화된 "거대한 뿌리"로 형질전환을 이룩하는 것이다.

김수영이 한강 다리의 교각으로부터 "거대한 뿌리"를 시적으로 생성해낸 결과는 이보다 더 고무적인 차원으로 확대된다. "철근기둥"에 대한 동일시를 통해 "내가 내 땅에 박는 거대한 뿌리"를 상상해낸 김수영은 현대문명에 대해 비판적인 거리를 유지하는 가운데 "더러운 전통과 역사"를 무한히 긍정하는 시선을 갖추게 되는 것이다. 김수영의 긍정과 자긍의 전통 · 역사인식은 "제3인도교의 물 속에 박은 철근기둥도 내가 내 땅에 박는 거대한 뿌리에 비하면 좀벌레의 솜털"이라는 진술에서 정점에 이른다. 여기에는 폭주하는 비인간적인 현대문명에 무비판적으로 굴복하거나 복종하지 않겠다는 김수영의 주체의식과

자립정신이 강하게 표출되어 있다. "전통은 아무리 더러운 전통이라
도 좋다" "역사는 아무리 더러운 역사라도 좋다"라는 치욕의 역사에
대한 전폭적인 긍정, 그 더러운 전통과 역사 속에서 일구어온 피지배
층의 소박하고도 끈질긴 삶을 뜻하는 "요강, 망건, 장죽, 종묘상(種苗
商), 장전, 구리개 약방, 신전,/ 피혁점, 곰보, 애꾸, 애 못 낳는 여자,
무식(無識)쟁이,/ 이 모든 무수(無數)한 반동(反動)"에 대한 전폭적인
애정과 신뢰는 이러한 맥락에서 나온다.

　미래를 향한 김수영의 주체적인 현대정신과, 과거를 향한 긍정적인
역사의식의 기저를 이루는 것은 자립심과 자긍심이다. 자립심과 자긍
심은 이 시에서 일제강점기 노동자 출신 시인인 김병욱이 해방 후에도
고수한 일본여자식 앉음새와 구한말 조선을 방문한 비숍 여사가 서울
에 대해 가진 기이한 감흥 등으로 예시된 타자[외국]의 영향과 시선을
'있는 그대로' 받아들이는 비법이 된다. 주체성은 타자를 배척하고 부
정하는 데서 생겨나는 것이 아니라, '나'를 둘러싼 타자의 영향력과
시선을 승인하고 끊임없이 재구성하는 데서 생겨나는 것이다. 우리가
그렇게 할 수 있고 해야만 하는 것은 우리에게는 우리만의 '추억'이
있기 때문이다. 이때 '추억'은 우리가 살아온 날들의 총합을 뜻하며,
우리가 느끼고 생각하고 경험한 것들의 총합을 의미한다. 추억을 잊지
않는 한, 추억의 가치와 의미를 계속 재발견하는 한, 추억은 현재와 미
래의 삶의 '거대한 뿌리'가 된다. '인간'과 '사랑'이 영원할 수 있다면
그것은 추억이 발산하는 생명력과 힘 때문이다. 김수영은 확신에 찬
어조로 말한다. "나에게 놋주발보다도 더 쨍쨍 울리는 추억(追憶)이/

있는 한 인간(人間)은 영원하고 사랑도 그렇다”. 이 시에서 김수영은 우리의 추억의 내용물이 더러운 전통, 더러운 역사, 더러운 진창임을 당당하게 긍정하고 포용함으로써 이전의 한국문학사에서 보기 어려웠던 ‘절대 긍정과 포용’의 전통관과 역사관을 창출한다. 이 절대 긍정과 포용의 시선 앞에서는 아무리 더러운 역사와 전통과 진창이라도 문제될 것이 없다. 전통과 역사는 콤플렉스나 강박의 대상이 아닌, 현재와 미래의 삶을 위한 훌륭한 밑거름으로 삼아야 하기 때문이다. 요강에서 무식쟁이에 이르는 무수한 ‘반동’들—김수영이 반어적으로 강조하고 있듯이, 이들이야말로 우리의 전통과 역사의 진정한 주체들이다.—이 그 충실한 증거이며 토대이다.

‘더러운’ 추억과 ‘반동’의 추억을 절대 긍정하고 포용하는 주체는 ‘사랑의 주체’이다. 한 가지, 오해하지 말아야 할 사실이 있다. 추억에 대한 절대 긍정은 추억의 ‘더러움’을 지우거나 더럽지 않다고 말하는 일이 아니다. 더러워도 기꺼이 포용하는 일이며, 그 더러움으로부터 ‘나’ 자신이 온전히 예외일 수 없음을 겸허히 인정하는 일이다. 더러운 추억을 정직하게 직시하는 가운데 따뜻한 사랑으로 끌어안는 일이다. 사랑이란 완벽한 대상에 바치는 완전한 감정이 아니라, 상처와 흠집이 있는 타인을 따뜻하게 끌어안는 가장 인간적인 능력이자 행위이다. 김수영은 한강 다리에서 이 점을 발견하면서 자신을 통째로 바꾸기에 이른다. 한강 다리의 무시무시한 철근기둥에서 “내가 내 땅에 박는 거대한 뿌리”의 강인하면서도 부드러운 주체, ‘사랑의 주체’로 재탄생하는 것이다. 더러운 전통과 역사, “괴기영화의 맘모스를 연상시키는" 가공할 위력의 현대문명 앞에서 김수영은 '사랑'의 힘에 의해 금이 간 전통과 근대, 과거와 미래를 잇는 자긍심과 주체성, 균형감각을 두루 획득한다.

사랑의 주체로서 김수영은 현대식 다리를 어떤 생각과 방식으로 건너다녔을까? 1960년대 산업화시대의 개막과 함께 한강에 건설된 첫 번째 현대식 교량은 '제2한강교'(양화대교)이다. 이 다리가 완공되기 두 달 전에 발표된 작품인「현대식 교량(現代式 橋梁)」을 통해 김수영의 발걸음을 따라가보자.

　　　현대식(現代式) 교량(橋梁)을 건널 때마다 나는 갑자기 회고주
　의자(懷古主義者)가 된다
　　　이것이 얼마나 죄(罪)가 많은 다리인 줄 모르고
　　　식민지(植民地)의 곤충(昆蟲)들이 24(二四)시간을
　　　자기의 다리처럼 건너다닌다
　　　나이어린 사람들은 어째서 이 다리가 부자연스러운지를 모른다
　　　그러니까 이 다리를 건너갈 때마다
　　　나는 나의 심장(心臟)을 기계(機械)처럼 중지시킨다
　　　(이런 연습을 나는 무수히 해왔다)

　　　그러나 문제는 이러한 반항(反抗)에 있지 않다
　　　저 젊은이들의 나에 대한 사랑에 있다
　　　아니 신용(信用)이라고 해도 된다

"선생님 이야기는 20(二十)년 전 이야기이지요"

할 때마다 나는 그들의 나이를 찬찬히

소급해가면서 새로운 여유를 느낀다

새로운 역사(歷史)라고 해도 좋다

이런 경이(驚異)는 나를 늙게 하는 동시에 젊게 한다

아니 늙게 하지도 젊게 하지도 않는다

이 다리 밑에서 엇갈리는 기차처럼

늙음과 젊음의 분간이 서지 않는다

다리는 이러한 정지(停止)의 증인이다

젊음과 늙음이 엇갈리는 순간

그러한 속력(速力)과 속력(速力)의 정돈(停頓) 속에서

다리는 사랑을 배운다

정말 희한한 일이다

나는 이제 적(敵)을 형제(兄弟)로 만드는 실증(實證)을

똑똑하게 천천히 보았으니까!

〈1964. 11. 22〉

—「현대식 교량(現代式 橋梁)」

(『김수영 전집 1; 시』, 민음사, 1981) 전문

　　창작시점 상 이 시에 등장하는 다리가 '제2한강교'일 가능성은 거의
없다. 아마도 김수영은 당시 한강에 존재한 세 개의 다리(한강철교, 한

강대교, 광진교), 즉 구한말과 일제강점기에 건설되어 한국전쟁 때 파괴되었다가 복구된 다리들을 건너면서 준공을 앞둔 현대식 교량의 이미지를 거기에 포개 놓았을 가능성이 크다. 실제로 이 점은 시의 앞부분을 통해 증명된다. "현대식 교량을 건널 때마다 나는 갑자기 회고주의자가 된다/ 이것이 얼마나 죄가 많은 다리인 줄 모르고/ 식민지의 곤충들이 24시간을/ 자기의 다리처럼 건너다닌다". '내'가 건너다니는 현대식 교량은 '나'를 "갑자기 회고주의자가 되"게 하는 과거의 유산이며, '식민지'의 '죄'를 고스란히 내장하고 있는 수치스러운 역사의 증거물이다. 유감스럽게도 우리에게 '식민'의 체험을 안겨준 제국은 일본만이 아니었다. 안보와 경제의 상당 부분을 미국에 의존하고 있던 당대 현실을 생각할 때, 24시간 이 다리를 자기의 다리처럼 건너다니는 "식민지의 곤충들"은 이중 삼중의 비자각적 식민 상태에 있음을 알 수 있다. 다리의 '부자연스러움'은 이 식민 상태를 의미한다. "이 다리를 건너갈 때마다/ 나는 나의 심장을 기계처럼 중지시킨다"는, 김수영이 무수히 해왔다는 희한한 연습은 식민의 죄와 부자연스러움을 거부하는 저항과 실천의 행위였던 것이다.

한강의 현대식 교량, "나의 심장을 기계처럼 중지시키"며 건너야 하는 곳. "그러나 문제는 이러한 반항(反抗)에 있지 않다/ 저 젊은이들의 나에 대한 사랑에 있다". 김수영에게 한강의 현대식 교량은 식민지와 제국, 과거와 현재, 늙음과 젊음, 적과 형제가 격렬하게 충돌하는 곳이자, 그 격렬한 충돌 속에서 놀랍게도 '정지'와 '정돈'이 이루어지고 '사랑'이라는 존재적이고 역사적이며 문명사적인 '사건'이 발생하는 곳이다. 김수영은 "저 젊은이들에 대한 나의 사랑"이 아니라, "저 젊은이들의 나에 대한 사랑"이라고 씀으로써 자신과 더불어 저 이름 모를 수많은 젊은이들까지도 일약 '사랑의 주체'로 만들어버린다. 사랑의 주체가 사랑을 이행하는 데는 늙음과 젊음의 구별이 따로 있지 않으며, 따로 있어야 할 이유 또한 없다. 사랑의 주체로서 지금 김수영이 건너는 한강의 현대식 교량에는 "늙음과 젊음의 분간이 서지 않는", 그러면서 동시에 "젊음과 늙음이 엇갈리는 순간"들이 출렁거린다. 모든 적대적인 것들이 "나를 늙게 하는 동시에 젊게 하"는, "아니 늙게 하지도 젊게 하지도 않는" 예외적인 시공간이 펼쳐진다. 그 순간들이 모여 '새로운 역사'를 꽃피운다. '경이'로운 현장이다.

   현대식 교량은 부정이 긍정으로, 적대감이 친밀감으로, 혼돈이 정돈으로 비약하는 '경이'의 시공간이다. 그러나 이는 서로 대립하는 A와 B의 변증법적 통합을 통해 이루어지지 않는다. A이자 B인 동시에, A도 B도 아닌 정지-엇갈림-정돈의 시공간은, 확정된 어떤 상태나 의미도 거부하면서 우리의 존재와 현실과 역사를 미결정(未決定)의 미래를 향해 활짝 열어놓는다. 가득 차 있으면서도 텅 비어 있는 이 정지-엇갈림-정돈의 다리는 '사랑'이 자라고 열매 맺기에 최적의 시공간, '사랑의 주체'들이 "적을 형제로 만드는 실증"을 목격하고 배우고 실천하기에 더없이 좋은 시간이며 장소이다. 김수영이 말했듯이, "다리는 이러한 정지(停止)의 증인이다". "그러한 속력(速力)과 속력(速力)의 정돈(停頓) 속에서/ 다리는 사랑을 배운다/ 정말 희한한 일이다". 이제 사랑의 주체는 '나'와 '저 젊은이들'을 넘어 죄 많은 '현대식 교량'으로까지 확대된다. "내가 내 땅에 박는 거대한 뿌리"에서 마침내 줄기와 잎과 꽃과 열매가 자라나는 것은 이러한 사랑의 확산 과정을 통해서가 아니겠는가. 사랑이 '나'로부터 발원해 타자를 끌어들이고 물화된 사물에까지 스며드는 과정. 우리의 삶과 역사의 진정한 내용물이어야 할 그것. 김수영이 꿈꾼 근대!

3. 수십 개의 한강 다리에서
다시 '사랑'을 발견하기 위하여

김수영에게 한강의 현대식 교량은 그가 살았던 시대의 모순들이 '정지'되고 '정돈'되는 가운데, 바로 그 모순에 찬 시대와 사회·역사에 대한 '사랑'을 시작할 수 있는 일종의 마술적인 장소였다. 서울의 북쪽과 남쪽 땅을 가르며 흐르는 한강 위에 건설된 현대식 다리에서 김수영은 현실의 바람직한 미래형으로서 '또 다른 현실'을 상상하고 경험했던 것이다. 줄기와 잎과 꽃과 열매가 아직 없는 '거대한 뿌리'의 형상으로 이미지화한 우리의 주체적인 삶과 역사에 대한 김수영의 열망과 사랑은, 아이러니하게도 그것을 위협하는 현대문명의 첨단 건축물에 의해 촉발되었다. 한 걸음 더 나아가 김수영은 그 첨단의 현대식 다리까지를 '사랑'의 주체로 명명함으로써 인간적인, 너무나 인간적인 근대세계의 비전을 마련한다.

김수영이 현실과 상상, 과거와 미래의 이중의 눈으로 보았던 '거대한 뿌리'의 실체와 환영들이 한강을 가득 채우고 있는 오늘날, 우리는

어떤 마음과 눈으로 수십 개의 한강 다리를 건너고 있는가. 한강 다리
에서 다시 ‘사랑’을 발견하기 위하여 “똑똑하게 천천히” 그 다리들을
다시 바라보아야 할 필요는 없을까. “속력과 속력의 정돈”이 김수영의
시대보다 몇 배나 더 절실히 요구되는 우리의 시대에 여전히 김수영과
더불어, 또한 김수영을 넘어서면서…….

신동엽의 광화문 연가

• 이민호 •

1. 신동엽과 함께 걷는 광화문 네거리

시인 신동엽의 서울살이는 1955년 군에 입대했다가 1년 만에 의가사 제대 후 돈암동 네거리에서 헌 책방을 경영하면서부터다. 이때 이화여고 3학년이었던 부인 인병선을 만난다. 이듬해인 1957년 인병선과 결혼하여 장녀 정섭과 장남 좌섭, 차남 우섭을 얻기까지 신동엽에게 서울은 삶의 공간이자 사랑의 보금자리다.

이후 1959년 1월, 장시 「이야기하는 쟁기꾼의 대지」가 석림(石林)이란 필명으로 조선일보사 신춘문예에 가작으로 입선된다. 1960년 4·19

혁명이 일어난다. 신동엽도 시대의 아픔을 함께한다. 『학생혁명시집』을 편집했고, 「시인정신론」, 「내 고향은 아니었었네」, 「아사녀의 울리는 축고」 등 시와 평론을 발표하면서 혁명을 노래한다. 1963년 3월 「이야기하는 쟁기꾼의 대지」, 「진달래 산천」 등 18편의 시작을 모아 첫 시집 『아사녀』를 출간한다. 이때 신동엽에게 서울은 혁명의 공간이다.

1969년 4월 7일, 신동엽은 마흔의 나이에 간암으로 세상을 떠난다. 처음 서울에 발 디뎠던 곳에서 멀지 않은 성북의 동선동이었다. 1951년 국민방위군에 갔다 돌아오는 길에 배고픔을 참지 못해 낙동강가에서 민물 게인 갈게를 날로 먹었던 것이 간디스토마와 페디스토마에 걸려 간암으로 발전한 것이다. 그날 서울의 하늘은 유난히 파랗고 맑았다고 한다. 신문에 시인이 세상을 떠났다는 기사가 실렸고, 장례는 3일장으로 치렀다. 이제 신동엽에게 서울은 죽음의 공간이자 무(無)의 공간이다. 하지만 그의 시 속에서 우리는 서울의 미래를 보게 된다.

통상 신동엽 시인을 민족시인, 참여시인 혹은 무정부주의자로 바라보는 시선이 있다. 그것을 전적으로 부정할 수는 없다. 신동엽이 살았던 생애가 한국의 역사를 고스란히 담고 있기 때문이다. 일제식민지를 거치며 자연스럽게 그는 민족시인의 풍모를 지니게 되었고, 전쟁과 독재와 혁명의 세월 속에 참여시인의 면모를 갖추게 되었다. 그리고 1960년대 이 땅의 가난한 현실 때문에 더욱더 첨예한 신념을 지향하게 되었다.

'금강'을 제외하고 신동엽의 시에서 가장 많이 등장하는 장소적 공간은 바로 '서울'이다. 금강이 신화적이며 원초적 공간으로서 유토피아로 자리하고 있다면, 서울은 상대적으로 제국주의의 지배를 받는 식민지로서, 부패와 탐욕이 만연한 혁명의 대상으로, 가난과 수모와 모멸이 점철된 애도(哀悼)의 공간으로 부각되었다. 하지만 불행하게도 신동엽의 시에서 상실에 대해 너무나 많이, 그리고 너무도 오래 '애가(哀歌)'의 정조만을 이야기함으로써 정작 시인이 실현하고자 했던 새로운 세계, 즉 '완충지대' 혹은 '중립지대'로 가는 길을 우리가 잃은 것이 아닌지 모른다.

신동엽 시인이 가고자 했던 유토피아 '완충지대'는 휴전선 부근의 DMZ로, 아니면 백제의 숨결을 간직한 금강 유역으로 한정할 필요는 없을 것이다. 역사 속에서 우리가 사는 여기저기가 다 '중립의 초례청'일 수 있다. 언제나 그의 시 속에는 열린 공간의 거대한 새 세계가 항시 마련돼 있기 때문이다. 누가 그 공간을 설계하고 가꾸고 영위하느냐에 따라 수없이 변주되는 경이로움을 체험했으면 한다.

그런 측면에서 신동엽의 시와 사유 속에 자리하는 '서울'은 열린 공간이어야 한다. 이념과 억측으로 저마다 끌어당겨 왜곡시킬 때마다 서울에 거주하는 사람들의 삶은 그만큼 굴절되는 결과를 초래하기 때문이다. 마찬가지로 서울을 새롭게 인식한다는 것은 신동엽의 시를 새로운 차원으로 끌어올리는 계기가 될 것이다.

신동엽의 시에서 시인이 움직인 서울 공간을 동선을 따라가다 보면 언제나 광화문에 가 닿는다. 요즘이야 강남이 서울의 중심처럼 행세하지만, 신동엽이 살았던 1960년대 전후(戰後)의 서울에서 사회, 정치, 경제적으로 소위 허브의 역할을 했던 곳은 단연 광화문이었다. 그만큼 광화문은 상징적이다.

이제 모두 세월 따라 흔적도 없이 변해 갔지만

덕수궁 돌담길에 아직 남아 있어요

다정히 걸어가는 연인들

언젠가는 우리 모두 세월을 따라 떠나가지만

언덕 밑 저 눈길에 아직 남아 있어요

눈 덮인 조그만 교회당

향긋한 오월의 꽃향기가

가슴 깊이 그리워지면

눈 내린 광화문 네거리 이곳에

이렇게 다시 찾아와요

언젠가는 우리 모두 세월을 따라 떠나가지만

언덕 밑 정동길에 아직 남아 있어요

눈 덮인 조그만 교회당

— 〈광화문 연가〉 이영훈 작사 · 작곡, 이문세 노래

이 노래는 한 시절을 풍미했던 가요다. 아니 시공을 초월해 아직도 대중의 심금을 울리는 명곡이다. '연가(戀歌)'라는 타이틀은 원래 서

양에서 단순히 연인 사이의 사랑 노래를 말하는 것은 아니었다. 특히 중세연가(Minnesang)는 궁정교사였던 기사의 윤리적 가치관을 담고 있다. 귀족 여인네에게 바치는 마음에 없는 형식적인 노래라고나 할까. 민요와 방랑의 노래 속에 혹은 십자군 원정의 이야기 속에 도덕적이고, 정치적이고, 종교적인 아포리즘이 깃들어 있다. 그래서 언제나 풍자적이다. 그러나 우리는 이문세가 부른 〈광화문 연가〉에서 어떠한 격언적 색채도 느낄 수 없다. 그것은 격식 차린 사랑의 형식이 아니기 때문이다. 이 노래를 부르며 우리는 상실의 경험을 치유하는 힘을 얻게 된다. 그리고 그것을 강력하게 만드는 원동력이 장소, 즉 한 공간에 대해 환기하는 체험이 자리하기 때문이다. 이것을 문학이론적으로는 장소애(場所愛, Topophilia)라고 한다. 이 말은 지형이나 장소를 의미하는 토포스와 필리아의 합성어로서 장소뿐 아니라 인간을 둘러싼 자연적, 인공적 환경을 의미 있는 장소로 바꾸는 것을 말한다. 이 노래에서처럼 연인 사이의 애틋한 사랑 경험이 자리하고 있는 광화문 네거리는 이제 아무런 관계없는 미지의 공간에서 친밀한 공간으로 탈바꿈하였다. 과거 낯선 공간이었던 정동길의 조그만 교회당이 구체적이고 자신과 직접 관련이 있는 낯익은 장소로 변화된 것이다.

서울은 그런 곳이다. 많은 사람들이 생활하고 있지만 언제나 낯선 공간으로 치부되었다. 단지 투기와 투자의 대상인 '땅' 의 개념으로 이해하기 때문이다. 무언가 의미 있는 장소로, 삶의 '터전' 으로 기억하지 않는다면 서울은 그냥 서울일 뿐이다. 식민지와 독재의 경험도 하나의 중요한 의미가 될 수 있겠지만, 이문세의 노래 〈광화문 연가〉에

시와 노래의 소재가 되었던 정동길

서 그것만을 강조할 수는 없을 것이다. 그것은 마치 중세연가와 다를 바 없다. 마찬가지로 신동엽의 시에도 사랑의 테마가 흐르고 있음을 소홀히 하지 않았으면 한다.

> 또 어느날이었던가. 광화문(光化門) 네거리를 거닐다 친구를 만나
> 손목을 잡으니 자네 손이 왜 이리 찬가 묻기, 빌딩만 높아가고 물가만 높아가고 하니 아마 그런가베 했더니 지나가던 낯선 여인(女人)이 여우 목도리 속에서 웃더라.
>
> ―「진이(眞伊)의 체온(體溫)」에서

이 시를 보면 신동엽 시인도 분명 광화문 네거리를 거닐었다. 물가고(物價高) 때문에 눈 내린 정동길 조그만 교회당은 애가(哀歌)의 공간이기도 하다. 그러나 그런 중에도 친구의 삶을 걱정하고 위무하는 인간적 삶의 체온이 자리하기 때문에 애도의 시선은 걷히고 그 자리는 사랑의 공간으로 새롭게 다가온다. 이처럼 신동엽의 시에서 시인이 걸었던 서울 공간을 따라 걷는 일은 고통이기도 하지만 상실을 이겨낸 사랑의 체험이기도 하다. 서울을 사랑의 대상으로 의미부여하는 순간 신동엽의 '완충지대'는 서울을 벗어나 휴전선까지 올라갈 필요가 없으며, 서울을 떠나 저 남녘으로 내려갈 이유가 없다. 전쟁을 멈춘 평화지대로서 서울을, 우리의 무의식 속에 자리하는 원시의 유토피아로서 서울을 회복하는 일이 중요하다.

2. 효자동 종점에서 마주한 새로운 물결

광화문을 바라보며 서쪽으로 가다보면 인왕산 기슭에 자리하고 있는 동네 효자동. 조선시대 환관들의 집단거주지였다는 곳. 일제 강점기 조선총독부 관리들의 관사가 자리하고 있던 곳. 이곳은 당연히 억압의 공간이며 그늘진 땅이다. 신동엽은 효자동에서 새로운 물결과 마주한다.

위 사진은 2004년에 개봉된 영화 〈효자동 이발사〉의 배경인 효자동

영화 〈효자동 이발사〉 포스터

의 모습이다. 이 영화는 효자동의 역사성을 상징적으로 담고 있다. 경무대와 청와대로 이어지는 독재권력의 실상을 어수룩한 이발사의 무지와 대비시킴으로써 권력의 속성을 풍자하였다. 3·15부정선거와 4·19혁명으로 이어지는 드라마틱한 역사의 현장이 코믹하게 그려지고 있다. 그러나 영화 속 효자동의 공간적 의미는 역사에 실재하는 과거 조선시대 내시의 삶과 식민지인의 억압된 현실에서 벗어나지 못하고 있다. 그것은 아무래도 삶이 빠진 세트장 같은 형국이라 할 수 있다. 영화의 상영시간은 116분 남짓이다. 이 압축된 시간의 흐름에서 과거는 단순히 흘러가버리고 만다. 영화가 끝나고 효자동에 살았던 사람들의 삶은 하나의 해프닝에 지나지 않는 것처럼 보인다. 그렇다면 이처럼 현재와 단절된 과거를 현재화할 수 있는 방법은 없을까? 그것은 변함없이 존재하는 공간의 힘을 빌리는 것이다. 비록 시간은 변하는 것처럼 인식되지만 과거, 현재, 미래의 그 시간의 단절된 흐름을 하나의 공간이 총체적으로 담지하고 있기 때문이다. 영화에서 이발사의 가운이 의사의 가운으로 옮아가는 사건의 전환은 억지스럽긴 하지만 효자동의 공간적 의미 변화를 함축하는 중요한 메시지라 할 수 있다. 경무대나 청와대에 부속된 장소처럼 여겨졌던 효자동의 공간적 의미가 경무대나 청와대의 모순과 부정을 수정하고 치유하는 공간으로 새롭게 변화된 것이다. 이는 효자동 사람들의 종속적 삶이 주체적이고 적극적인 방식으로 재생되기를 소망하는 유토피아적 욕망이 깊게 자리하는 메시지이다.

이처럼 삶의 변화가 공간의 의미를 새롭게 하고 그렇게 변화된 공간의 의미가 그곳에 거주하는 사람들의 미래를 바꾸는 상호작용적 공간의 역동성을 신동엽의 시에서도 볼 수 있다. 영화 〈효자동 이발사〉가 담지하고 있는 소수자의 시선과 같은 맥락이다. 권력과 역사, 시간과 공간이라는 이분법 속에서 배제된 인간 삶을 새롭게 구성하려는 연가라 할 수 있다.

알제리아 흑인촌(黑人村)에서
카스피해(海) 바닷가의 촌(村)아가씨 마을에서
아침 맑은 나라 거리와 거리

광화문(光化門) 앞마당, 효자동 종점(孝子洞 終點)에서

노도(怒濤)처럼 일어난 이 새피 뿜는 불기둥의

항거(抗拒)……

충천(沖天)하는 자유(自由)에의 의지(意志)……

길어도 길어도 다함없는 샘물처럼

정의(正義)와 울분의 행렬(行列)은

억겁(億劫)을 두고 젊음쳐 뒤를 이을지어니

온갖 영광(榮光)은 햇빛과 함께,

소리치다 쓰러져간 어린 전사(戰士)의

아름다운 손등 위에 퍼부어지어라.

　　　　　　　　　　　　　　— 「아사녀(阿斯女)」에서

　　신동엽은 경복궁을 끼고 효자동 종점에 다다라 새롭게 펼쳐지는 역사의 현장을 목도한다. 한때 효자동은 광화문이 상징하는 권력의 앞마당과 같은 장소였다. 영화 〈효자동 이발사〉가 담고 있는 종속적 이미지와 동일하다. 광화문과 효자동의 단순한 대비는 그동안 신동엽의 시에서 지배적으로 읽었던 내용이다. 그러한 읽기 속에 정작 효자동 사람들의 삶의 공간이 지니는 참 내용은 가려진 느낌이다. 광화문에 부속된 효자동의 종속적 의미만을 골똘히 파고든다면 "소리치다 쓰러져간 어린 전사의/ 아름다운 손등"은 '정의와 자유' 의 관념적 개념 속에

함몰되고 말 것이다. 어린 전사의 죽음은 역사의 희생임이 분명하다.
그 희생이 1960년대의 맥락 속에서만 머물게 된다면, 4·19혁명이라
는 역사적 사건 속에 부분적 인자로 상징된다면, 혁명의 무기로 전락
해버린 인간 삶의 참혹한 비극이 아닐 수 없다. 혁명이 성취하려고 하
는 궁극적 목표는 분노와 울분의 일회성 분출이 아니기 때문이다. 광
화문이 상징하는 권력을 초점에 두고 바라본다면 혁명은 노도처럼 몰
려가 권력을 무너뜨리고 그 자리에 새로운 권력을 새우는 행위로 단순
화된다. 그러나 그러한 혁명의 순간마다 소수자의 삶은 늘 배제되었
다. 신동엽은 그러한 혁명의 모순을 감지하고 있었으리라. 그러므로
신동엽은 효자동 사람들의 눈으로 '정의와 자유'를 새롭게 보고자 한
다. 효자동은 본래 광화문에 딸린 축소된 공간이 아니라 알제리아 흑
인촌과 카스피해 바닷가의 촌아가씨 마을과 동등한 보편적 공간이다.
이는 서울이 효자동의 상징성을 지닌 공간임을 말하는 것이다. 즉, 보
편적 열린 공간으로서의 자주성이다. 역설적으로 광화문의 상징성으
로 서울을 보았을 때, 서울은 곧 폐쇄해야 할 닫힌 공간이다. 신동엽이
뜻한 혁명은 죽음의 완충지대를 말하는 것이 아닐 것이다. 그러므로
신동엽은 위의 시에서처럼 서울의 공간성을 자유롭고 정의로운 보편
적 상태로 회복시켜야만 서울이 삶의 공간으로 영원하리라는 메시지
를 우리에게 전하고 있다.

신식(新式)의 북새는 해마다 신록(新綠)아래 있었고

붓깍지로 빼앗긴 사천만(四千萬)의 가슴

행복(幸福)은 멀리 몇 뿌리의 도시탑(都市塔)위

곪아 있었다.

오늘도 광화문(光化門) 앞 마당

고등식(高等食)을 배 불린 해외족(海外族)의

마이크 연설(演說).

몽고(蒙古)에의 여공(女貢)도, 청조(淸朝)에의 대배(大拜)도

공항(空港)으로 집결(集結)된

새 시대(時代)의 봉건영주(封建領主).

여보세요 아사녀(阿斯女). 당신이나 나나 사랑할 수 있는 길은

가차운데 가리워져 있었어요.

말해 볼까요. 걷어치우는 거야요. 우리들의 포둥 흰 알살을 덮

은 두드러기며 딱지며 면사포며 낙지발들을 면도(面刀)질해 버리

는 거야요. 땅을 갈라놓고 색칠하고 있은 건 전혀 그 흡반족(吸盤

族)들뿐의 탓이에요. 면도(面刀)질해 버리는 거야요. 하고 제주

(濟州)에서 두만(豆滿)까지 땅과 백성(百姓)의 웃음으로 채워버리

면 되요.

누가 말리겠어요. 젊은 아사달(阿斯達)들의 아름다운 피꽃으로

채워버리는데요.

그래서 과녁을 낮추자 얘기해 왔던 거야요. 사월(四月)에 맞은

건 창자(帽子), 창자(帽子)뿐 날라갔어요, 심장(心臟)이, 허지만
등치가 성성하군요. 보세요 다시 떠들기 시작하는 저 소리들. 오
백년(五百年) 불어살던 궁전(宮殿)은 그대로 무슨 청인가로 살아
있어요. 잇달은 벼슬아치들의 중앙탑(中央塔)에의 행렬(行列)이
곤두 서 볼만큔요. 겨냥을 낮추자는 애기에요. 창자(帽子)가 아니
라 겨드랑이 아니라 아랫도리를 뻘어야 되겠다는 거야요.

　비로소, 허면 두 코리아의 주인(主人)은 우리가 될 거야요. 미
워할 사람은 아무데도 없었어요. 그들끼리 실컷 미워하면 되는
거야요. 아사녀와 아사달은 사랑하고 있었어요. 무슨 터도 무슨
보루(堡壘)도 제거(掃除)해 버리세요. 창칼은 구워서 호미나 만들
고요. 담은 헐어서 토비(土肥)로나 뿌리세요.
　비로소, 우리들은 만방(萬邦)에 선언(宣言)하려는 거야요. 아사
달(阿斯達) 아사녀(阿斯女)의 나란 완충(緩衝), 완충(緩衝)이노라고.
— 「주린 땅의 지도원리(指導原理)」에서

　이 시를 통해 효자동의 삶의 원리로 서울을 바라보는 것이 어떤 것
인지 알 수 있다. 광화문 앞마당으로 이미지화 된 서울은 전국민의 행
복을 담보로 사리사욕을 채우는 성경 속 소돔과 고모라와 같은 도시에
불과하다. 그런데 그러한 삶의 방식은 고착된 것이다. 제국주의에 종
속된 식민지적 삶의 양태다. 시인은 혁명의 비극적 종말을 간파하고
있다. 혁명은 근본적 인식을 바꾸는 것이어야 함을 역설하고 있다. 낙

지발의 빨판처럼 끝없는 욕망으로 뒤덮힌 서울의 거리를 어떻게 바꾸어야 하는지 적시하고 있다. 그 삶의 지도원리를 '사랑'이라 명명하고 있다. 결국 서울의 보편성, 자주성은 '사랑'이라는 보편적 진리에서 찾아야만 한다는 것이다. 결국 이 사랑의 삶의 원리를 회복하기 위해서 효자동 사람들의 삶의 방식이 필요하다. 아사달과 아사녀는 광화문 안 경복궁에 사는 사람들이 아니기 때문이다. 그들의 사랑은 효자동에서만 성립된다. 그처럼 서울을 권력의 터전이나 보루로 바라보았던 인식을 제거하고 서로 증오하지 않고 살았던 보편적 삶의 원리로 돌아갈 때 비로소 서울의 '완충지대'는 성취된다고 시인은 말한다. 그러한 시선으로 바라볼 때, 효자동은 광화문의 앞마당이 아니라 광화문까지도 끼고 사는 열린 공간으로 승화된다. 나아가 서울은 서울 아닌 곳을 앞마당으로 만드는 곳이 아니라 서울을 통해 서울 아닌 곳에 거주하는 사람들의 삶을 함께 보듬는 공간이 된다.

3. 사직공원에서 남산 팔각정으로 펼쳐진 신화적 세계

광화문을 벗어날 때 신동엽의 아포리즘과 비유는 평균적 인간의 일상적 경험과 가장 보편적인 유토피아를 상징한다. 그리고 시인은 상징이 상징으로서 그치는 것이 아니라 실재 삶 속에 참여하고 그 삶이 상징 안에 담길 때, 그가 주장하는 온전한 완충지대가 서울 속에 펼쳐질 것이라 본다.

말없는 내 형제(兄弟)들은
광화문(光化門) 창밑, 고개 숙이고
지나만 가는데,

오원짜리 국수로 끼니 채우고
사직공원(公園) 벤취 위
하루 낮을 보내노라면
압록강 철교같은 소리는
들려오는데,

바다를 넘어
오만은 점점 거칠어만 오는데
그 밑구멍에서 쏟아지는
찌꺼기로 코리아는 더러워만 가는데.

쪽지 잽히고
아사(餓死)의 깊은 대사관(大使館) 앞
걸어가는 행렬(行列)은
나만이 아닌데.

이젠
안심하고 디딜 한 평의 땅도

없는데

지붕마다

전략(戰略)은 번식해만 가는데.

버스 정류장 앞

호주머니 뒤지며

멍 멍 서 있으면

늘메미 울음같은

아사녀의 봄은

말없이 고개 숙이고 지나만 가는데.

—「삼월(三月)」에서

    신동엽은 효자동을 지나 사직공원에 도착했다. 사직공원 벤치에 앉아 바라보는 서울의 거리는 빈곤으로 가득하다. 고개 숙인 사람들의 행렬 속에서 바라본 광화문과 외국 대사관의 모습은 발터 벤야민이 파리에서 목격했던 19세기식 아케이드를 연상시킨다. 벤야민은 아케이드를 어슬렁거리는 사람들 틈에서, 그들과 함께 흘러가버린 삶의 의미들을 건져내려 했다. 그처럼 신동엽도 서울의 거리에서 사람들의 집단 무의식과 소망, 신화와 알레고리, 변증법적 이미지를 읽어내려 한다. 사직공원 벤치에서 바라본 아케이드 광화문이 상징하는 것은 자본의 연속성이다. 자본은 땅을 소유하는 것으로 그곳에 거주하는 사람들의

사직공원에서 바라본 서울 거리는 빈곤으로 가득했다.

삶까지 저당 잡는다. 서울의 공간성이 오직 땅의 가치로만 인식될 때, 서울은 침묵의 공간으로 전락한다. 서로 소통하지 않는 죽음의 공간에서 봄은 오지 않을 것이며, 삶의 전략은 생존을 따라 무수히 제시되지만 신통치 않다. 서울이 '투자'와 '투기'의 공간으로 전락하는 순간 '완충지대'는 사라진다. 무엇이 사라지는가? 그 답답함 때문일까? 시인은 더 멀리 가 보고자 한다. 남산이다.

초가을, 머리에 손가락 빗질하며
남산(南山)에 올랐다.

팔각정(八角亭)에서 장안을 굽어보다가
갑자기 보리씨가 뿌리고 싶어졌다.
저 고층 건물들을 갈아엎고 그 광활한 땅에
보리를 심으면 그 이랑이랑마다 얼마나 싱싱한
곡식들이 사시사철 물결칠 것이랴.

서울사람들은
벼락이 무서워
피뢰탑(避雷塔)을 높이 올리고 산다.

내일이라도 한강다리만 끊어놓으면
열흘도 못가 굶어죽을
특별시민(特別市民)들은
과연 맹목기능자(盲目技能者)이어선가
도열병약(稻熱病藥)광고며, 비료(肥料)광고를
신문에 내놓고 점잖다.

그날이 오기까지는 끝이 없을 것이다.
숭례문(崇禮門) 대신에 김포(金浦)의 공항(空港)
화창한 반도의 가을 하늘
월남(越南)으로 떠나는 북소리
아랫도리서 목구멍까지 열어놓고

섬나라에 굽실거리는 은행(銀行)소리

조국(祖國)아 그것은 우리가 아니었다.

우리는 여기 천연히 밭갈고 있지 아니한가.

서울아, 너는 조국(祖國)이 아니었다.

오백년전(五百年前)부터도,

떼내버리고 싶었던 맹장(盲腸)

그러나 나는 서울을 사랑한다.

지금쯤 어디에선가, 고향을 잃은

누군가의 누나가, 19세기적인 사랑을 생각하면서

그 포도송이 같은 눈동자로, 고무신 공장에

다니고 있을 것이기 때문에,

그리고 관수동 뒷거리

휴지 줍는 똘만이들의 부은 눈길이

빛나오면, 서울을 사랑하고 싶어진다.

그러나, 그날이 오기까지는.

—「서울」 전문

남산에서 바라본 서울의 원경은 서울 사람들의 트라우마를 간직하고 있다.

　남산에서 바라본 서울의 원경은 신동엽의 사유 속에 서울이 어떻게 존재하고 있는가를 보여준다. 서울은 애증이 교차하는 곳이다. 시인은 서울의 정체성을 정확히 파악하고 있다. 서울 사람들에게 자리하고 있는 트라우마가 있다. 전쟁 경험이다. 특히 한국전쟁이 발발하고 한강 철교가 끊어졌을 때 경험했던 고립의 끔직한 공포다. 실제 "내일이라도 한강다리만 끊어놓으면/ 열흘도 못가 굶어죽을/ 특별시민(特別市民)들"이기 때문이다. 이 단절과 소통 부재의 두려움 속에서도 서울의 표면적 삶의 모습은 고압적이다. 시인은 이 위선의 공간적 상태를 제거하길 소망하고 있다. 이는 서울 사람들의 집단적 무의식이기도 하다. 이 무의식을 뚫고 신동엽은 서울에 신화적 세계를 펼치려 한다. 서울이 보리밭으로 변하는 비유는 신동엽이 상정한 완충지대를 상징적으로 보여준다. 즉, 그 유토피아는 농경의 과정으로 표현된다. 이 가운데 '보리씨'를 등장시킴으로써 구체적으로 보리씨의 성장과 땅으로서 서울의 공간적 관계를 의미화한다. 그럼으로써 '완충지대'를 '공간의 작용'으로 제시한다. 이 순간 시인의 사유구조에서 '서울'이 얼마나 중심적인 위치를 차지하고 있는지를 발견하게 된다. 신동엽은 보리씨의 비유에서 서울이 어떻게 완충지대의 특질을 지니고 있는지를 보여주고 있고 이를 통해 서울의 휴머니즘적 가치, 혹은 삶의 조건으로서 생태학적 가치를 발견하도록 이끈다. 비록 서울은 쓸모없는 맹장과 같은 존재지만, 사랑할 수밖에 없는 변증법적 의미를 지니고 있다. 그것을 시인은 19세기적 사랑이라 부른다. 김수영의 시 「거대한 뿌리」를 연상시킨다.

나는 이사벨 버드 비숍여사(女史)와 연애하고 있다 그녀는
1893(一八九三)년에 조선을 처음 방문한 영국왕립지학협회회
장(英國王立地學協會會長)이다
그녀는 인경전의 종소리가 울리면 장안의
남자들이 모조리 사라지고 갑자기 부녀자의 세계(世界)로
화하는 극적(劇的)인 서울을 보았다 이 아름다운 시간에는
남자로서 거리를 무단통행(無斷通行)할 수 있는 것은 교군꾼,
내시, 외국인(外國人)의 종놈, 관리(官吏)들 뿐이었다 그리고

심야(深夜)에는 여자는 사라지고 남자가 다시 오입을 하러
활보(闊步)하고 나선다고 이런 기이(奇異)한 관습(慣習)을 가진 나라를
세계 다른 곳에서는 본 일이 없다고
천하(天下)를 호령한 민비(閔妃)는 한번도 장안외출(外出)을 하
지 못했다고……

전통(傳統)은 아무리 더러운 전통(傳統)이라도 좋다 나는 광화
문(光化門)
네거리에서 시구문의 진창을 연상하고 인환(寅煥)네
처갓집 옆의 지금은 매립(埋立)한 개울에서 아낙네들이
양잿물 솥에 불을 지피며 빨래하던 시절을 생각하고
이 우울한 시대를 패러다이스처럼 생각한다

— 김수영, 「거대한 뿌리」에서

　　서울을 사랑할 수밖에 없는 이유는 참으로 변증법적이다. 김수영이 서울의 소수자의 삶에서 서울의 공간적 가치를 발견했듯, 신동엽도 서울 주변부의 기이한 관습을 소중히 여긴다. 서울에 살고 있는 사람들의 체험과 기억 속에 자리하고 있는 장소로서의 서울은 광화문의 상징성과 대비해서 더럽고 추한 것이지만, 신동엽은 서울의 삶의 가치가 상실을 딛고 일어서게 하는 변증법적 동력에 있음을 뜨겁게 노래한다.

4. 종로5가에 흐르는 금강

신동엽의 발길이 최종적으로 머문 곳은 종로5가다. 왜냐하면 거기서 서울의 공간적 잠재력, 즉 완충지대로서 미래를 확인했기 때문이다. 신동엽의 동선은 광화문 네거리를 지나 효자동과 사직공원과 남산을 거치며 충분히 애도의 과정을 거쳤다. 이제 지연되었던 상징적 유토피아의 세계를 서울에서 찾는 일만이 남은 것이다.

이슬비 오는 날.

종로 5가 서시오판 옆에서

낯선 소년(少年)이 나를 붙들고 동대문(東大門)을 물었다.

밤 열한시 반,

통금에 쫓기는 군상(群像) 속에서 죄 없이

크고 맑기만 한 그 소년의 눈동자와

내 도시락 보자기가 비에 젖고 있었다.

초등학교를 갓 나왔을까.

새로 사 신은 운동환 벗어 품고

그 소년의 등허리선 먼 길 떠나 온 고구마가

흙묻은 얼굴들을 맞부비며 저희끼리 비에 젖고 있었다.

충청북도 보은 속리산(俗離山), 아니면

전라남도 해남땅 어촌(漁村) 말씨였을까.

나는 가로수 하나를 걷다 되돌아섰다.

그러나 노동자의 홍수 속에 묻혀 그 소년은 보이지 않았다.

그렇지.

눈녹이 바람이 부는 질척질척한 겨울날,

종묘(宗廟) 담을 끼고 돌다가 나는 보았어,

그의 누나였을까.

부은 한쪽 눈의 창녀(娼女)가 양지쪽 기대 앉아

속내의 바람으로, 때 묻은 긴 편지 읽고 있었지.

그리고 언젠가 보았어.

세종로 고층건물 공사장,

자갈지게 등짐하던 노동자(勞動者) 하나이

허리를 다쳐 쓰러지겨 있었지.

그 소년의 아버지였을까.

반도(半島)의 하늘 높이서 태양(太陽)이 쏟아지고,

싸늘한 땀방울 뿜어 낸 이마엔 세 줄기 강물.

대륙의 섬나라의

그리고 또 오늘 저 새로운 은행국(銀行國)의

물결이 딩굴고 있었다.

남은 것은 없었다.

나날이 허물어져 가는 그나마 토방 한 칸.

봄이면 쑥, 여름이면 나무뿌리, 가을이면 타작마당을 휩쓰는

빈 바람.

변한 것은 없었다.

이조(李朝) 오백년은 끝나지 않았다.

옛날 같으면 북간도(北間道)라도 갔지.

기껏해야 버스길 삼백리 서울로 왔지.

고층건물 침대 속 누워 비료광고(肥料廣告)만 뿌리는 그머리

마을,

또 무슨 넉살 꾸미기 위해 짓는지도 모를 빌딩 공사장,

도시락 차고 왔지.

이슬비 오는 날,

낯선 소년이 나를 붙들고 동대문(東大門)을 물었다.

그 소년의 죄 없이 크고 맑기만한 눈동자엔 밤이 내리고

노동으로 지친 나의 가슴에선 도시락 보자기가

비에 젖고 있었다.

―「종로오가(鐘路五街)」 전문

고향 부여의 금강을 꿈꾸었던 종로5가

　　신동엽은 서울살이 중에도 고향 부여의 금강을 꿈꾸었다. 서울과 금
강의 대비를 지속적으로 제시하면서 서울 속에 금강의 세계를 세우려
한다. 이는 애도의 공간으로서 서울을 금강의 상징적 공간으로 변화시
키려는 것이다. 금강은 중심으로부터 아무 데로나 이탈한 주변성을 기
본으로 한다. 그러므로 서울의 빌딩들 속에 깃든 금강은 높이의 염원
을 배반하여 낮음을 완충지대로 설정하게 된다.

　　종로5가에서 이루어진 낯선 소년과의 만남은 서울의 공간을 갱신하는 계기를 마련하는 중요한 순간이다. 그 소년은 앞서 신화적 세계 속 보리씨와 같은 존재다. 그 씨의 성장이며 구체화라 할 수 있다. 서울 사람들은 대부분 이 소년의 모습을 통과하며 서울로 흘러들었다. 본래 보리씨와 같은 존재였음을 깨닫지 못하고 흩어져 있었지만 신동엽은 종삼의 사창가 창녀에게서, 세종로 빌딩 공사장 노동자에게서, 그리고 노동자의 홍수 속에서 그 소년의 분신들을 발견한다.

서울의 신동엽에게 '금강'은 무엇일까? 그가 펼치는 상상과 시 세계에서 서울은 무엇과 같으며 금강과는 어떤 관계 속에 있을까? 시인의 아포리즘과 비유들은 한결같이 평균적 인간의 일상적 경험과 가장 보편적인 삶의 원리로서 금강의 신화적 세계를 상징한다. 그처럼 소년의 등장은 보리씨의 성장과 서울의 관계를 쟁점화한다. 보리씨와 같은 사람들의 역할이 적극적이든 그렇지 않든 금강의 상징적 완충지대를 서울의 삶의 모습으로 변주시키려 하는 것이다. 신동엽의 시에서 금강과 서울이 어떻게 같은 형상을 하게 되는지, 시인의 사유 속에 서울이 얼마나 중심적인 위치를 차지하고 있는지를 발견하는 일은 흥미로운 일이 아닐 수 없다. 그 순간 서울은 갈아엎어야 할 애가의 공간이 아니라 금강의 유토피아적 완충성을 가지고 있는, 평화의 가치를 발견하게 될 연가의 대상이 된다. 신동엽의 광화문 연가는 광화문 자체를 노래하지 않는다. 광화문을 함께 끼고 있는 서울의 이면 속 네거리 숨겨진 삶의 모습을 담고 있다. 그러므로 신동엽의 시를 읽는 일은 서울의 완충지대를 찾아가는 지름길이라 할 수 있다. 거기에 서울의 미래가 있다.

부재하는 '방'을 통해 본
서울의 문화지리학

— 1960~1970년대 소설을 중심으로

• 고봉준 •

1.

　"예술과 문학의 목적은 보이는 것, 감각적인 것, 일상의 구체적인 것 속에서 포착될 수 있는 사회적 '현실'을 재건하는 것이다." 프랑스의 사회학자 피에르 부르디외는 『예술의 규칙』에서 이렇게 말했다. 물론 부르디외의 이러한 주장은 문학의 가치가 과연 사회적 현실의 재건에 있는 것인지, 그렇다면 구체적인 '사회적 현실'을 포함하고 있지 않은 문학작품의 가치는 어디에서 발견할 수 있는지 등의 또 다른 본질적 문제를 야기한다. 그럼에도 '권력장'이라는 사회학적 개념에 근거하여 플로베르의 『감정교육』을 꼼꼼하게 읽고 있는 이 책의 사회학적 분석은 소설을 읽는 새로운 하나의 방식을 제안한다는 점에서 무의미하지 않다. 부르디외는 이 책에서 플로베르가 『감정교육』에서 형상화하고 있는 19세기의 수도 파리의 현실을 인물의 욕망, 공간과 권력의 배치를 중심으로 재구성함으로써 예술과 정치의 관계라는 자신의 문제의식을 매우 흥미로운 방식으로 드러내고 있다. 이것은 19세기 파리의 공간 배치가 '권력장'과 무관하지 않았기 때문에 가능한 것이었는데, 실제로 근대 이후에 재구성된 대부분의 도시는 기능적 분할과 지역적 분할, 신분적 위계와 공간적 위계를 중심으로 구성된다는 점에서 흥미로운 분석의 대상이 될 수 있었다.

도시 공간에 관한 권력적 배치의 관계를 통해서 한 편의 소설이 담고 있는 '사회적 현실'을 역추적하려는 이러한 시도를 '서울'이라는 도시에 적용하는 것은 불가능할까? 이 글은 이러한 의문과 호기심에서 출발한다. 1960년대 이래로 '서울'은 소설의 주요 공간적 배경이 되었다. 60년대 이후 '서울'이라는 도시 공간은 전후의 한국 사회가 지니고 있었던 전통과 근대의 착종상태를 극복하고 급속하게 근대적 도시로 바뀌었다. 60년대는 이 변화의 출발점에 해당하거니와, 그 변화는 박정희 체제(1961~1979)와 정확하게 일치한다. 산업화 시대라고 일컬어지는 이 시기는 정치적으로는 군부독재의 수준을 벗어나지 못했지만, 광범위한 산업화와 도시화로 인해서 생산과 소비의 욕망이 공공연하게 권장되고, 그럼으로써 이전과는 전혀 다른 종류의 사회적 갈등이 자리하기 시작한 시대였다. 실제로 이 시기에는 '서울'이라는 도시 공간을 배경으로 한 소설들이 다수 창작되었는데, 중요한 것은 소설 속의 서울이 각각의 작품 속에서 상이한 방식으로 표상됨에 따라 서울 이 다른 모습들을 띠기 시작했다는 것이다. 이것은 당시의 작가들이 '사회적 현실'로서의 '서울'을 각각 다르게 인식하고 있었다는 것을, 그리하여 그 형상화의 방식과 공간적 배치가 결국 '서울'을 인식하는 작가들의 이데올로기적 차이를 보여주는 중요한 계기가 되었다는 것 을 의미한다.

2.

한국 소설에 등장하는 서울의 모습은 오늘날의 그것과 많이 달랐던 듯하다. 소위 한국의 근대화가 속도의 미학을 앞세운 개발을 강조하는 방향으로 진행되었기 때문이기도 하겠지만, 박정희 체제에 해당하는 1961~1979년의 서울 풍경은 여러 면에서 현재의 서울과는 분명하게 달랐다. 그렇다면 당시의 서울은 어떤 모습이었을까? 먼저 60년대의 서울 풍경을 살펴보자. 60년대 서울의 모습을 가장 사실적으로 담고 있는 대표적인 소설은 이호철의 『서울은 만원이다』(1966)이다. 이 소설은 1966년 2월 8일부터 10월 31일까지 〈동아일보〉에 연재되었고, 1967년에는 이 소설을 원작으로 한 동명의 영화가 제작될 정도로 인 기였다. 오늘날의 서울을 생각하면 60년대의 서울을 '만원(滿員)'이라 고 표현한 것이 다소 과장스럽게 느껴지기도 하지만, 정부에서 '수도 권 과밀화 해소'와 '수도권 인구분산' 정책이 처음 나온 것이 1966년

영화 〈서울은 만원이다〉 포스터

이었음을 고려하면 당대의 서울 사람들이 '서울'을 과밀 상태로 경험
했다고 말하는 것이 전혀 무리는 아닌 듯하다. 이 소설은 서울의 종로
3가 뒷골목(일명 종삼)과 서린동, 도회동 등을 배경으로 살아가는 서
민들의 삶을 다소 해학적인 방식으로 보여줌으로써 많은 독자들의 이
목을 끌었다. 즉, 어느 정도의 전형성을 획득하고 있었던 것이다. 소설
의 앞부분에는 당시 서울의 규모를 짐작할 수 있는 다음과 같은 설명
이 등장한다.

서울은 넓다. 아홉 개의 구(區)에, 가(街), 동(洞)이 대충 잡아서

삼백팔십이나 된다. 동쪽으로는 청량리 너머로 망우리, 동북쪽으로는 의정부를 바로 지척에 둔 수유리, 우이동, 서쪽으로는 인천 가도 중간의 영등포 끝, 동남쪽으로는 한강 건너의 천호동 너머, 서남쪽으로 시흥까지 이렇게 굉장한 면적을 차지하고 있다. 그러나 이렇게 넓은 서울도 삼백칠십만이 정작 살아 보면 여간 좁은 곳이 아니다.

수도권의 인구가 2000만을 넘어선 지금과 비교하면 370만이라는 숫자는 결코 많은 것처럼 보이지는 않지만, 위의 설명에 나와 있듯이 당시의 서울은 오늘날과 달리 그 규모가 매우 작았다. 기록에 의하면 1956년 서울의 인구는 150만이었는데, 박정희 정권에서 행정수도 건설을 구상하던 1977년이 되면 서울 인구는 700만으로 늘었다. 서울의 인구가 두 배 늘어나는 데에는 불과 10년이 걸리지 않았고, 20년이 지났을 때 서울의 인구는 네 배 이상으로 늘어나 있었다. 이처럼 본격적인 근대화·도시화의 바람이 불기 시작한 60년대 이래 이촌향도의 발걸음은 지속적으로 서울의 인구를 증가시켰고, 인구의 증가와 더불어 서울의 규모 또한 날로 커져 오늘에 이르렀다. 그렇지만 이 소설은 수유리와 우이동이 서울의 북쪽 경계를, 영등포가 서울의 서쪽 경계를, 천호동이 서울의 동남쪽 경계를 형성하고 있던 시기의 이야기이다. 아직은 도시 곳곳에서 전차 소리를 들을 수 있고, 달구지들이 연탄이나 김장 배추를 실어 나르던 그때의 이야기인 것이다.

이호철의 『서울은 만원이다』에 등장하는 인물들 가운데 '서울'이 고

1960년대 서울

향인 사람은 사실상 존재하지 않는다. 주인공 길녀와 그녀의 고향 친구 미경이 대표적이듯이, 조국 근대화와 경제개발 계획의 기치 아래에서 시작된 이농현상은 모든 사람들을 서울로 불러들였고, 일자리를 찾기 위해, 진학을 위해, 또 발자크의 라스티냑처럼 출세를 위해 많은 젊은이들이 부나방이 되어 서울로 몰려들었다. 당시 서울은 출세와 성공의 공간으로 인식되었다. 그러나 또한 발자크의 주인공들이 출세라는 청운의 꿈을 안고 파리로 상경하여 결국 돌이킬 수 없는 패배를 경험했듯이, 당시 출세와 일자리를 찾아 서울로 올라온 한국의 젊은이들 가운데 상당수는 부득이 윤리의 타락이라는 자본주의적 가치법칙의 운명적 노예로 전락할 수밖에 없었다. 바로 이 때문에 이호철의 이 소설은 '만원(滿員)'이라는 감각적 현실과는 별개로 "하여, 서울은 바야흐로 싸움터다. 성실보다는 요령, 일관한 신념보다는 눈치, 진실한 우정보다도 잇속, 협동보다도 적의가 온 서울 하늘을 덮고 있다"라는 세태적 소묘 속에 소설적 진실을 담고 있었다. 이 소설적 진실이란 성공을 위해 상경한 청춘들이, 학벌과 기술 같은 기본적인 경쟁력을 갖추지 못하고 있었기 때문에 여공과 식모를 거쳐 마침내 사창가에서 몸을 팔며 연명하는 비루한 존재로 전락한다는 것이다. 실제로 이 작품 속에서 길녀는 "을지로 일식집"과 회현동의 '식모'를 거쳐 종삼으로 흘러왔다.

그런데 60년대 '서울'을 배경으로 하고 있는 소설들은 '서울'이라는 기표만으로 동일시할 수는 없다. 구체적인 지명을 삭제해버림으로써 '서울'이라는 도시 공간 자체를 무대로 삼은 소설들도 없지는 않았지만, 대체로 리얼리즘적 경향이 강한 소설들의 경우에는 서울의 실제 지명을 작품의 주요 배경으로 선택함으로써 일종의 문화지리학을 구성하고 있기 때문이다. 가령 이호철의 『서울은 만원이다』는 앞서 지적했듯이 서울의 종로3가 뒷골목(일명 종삼)과 서린동, 도회동 등을 구체적인 배경으로 선택함으로써 당시의 시대상을 적극적으로 반영하고 있다. 먼저, 소설의 도입부에서 주인공 길녀가 위치하고 있는 곳은 서린동이고 그녀의 친구인 미경이 거처하고 있는 곳은 순화동이다. 길녀는 안국동에서 살다가 이곳 서린동으로 이사를 왔고, 작품의 도입부에서 다시 미경의 주선으로 "서소문 전매청 개천 옆"으로 이사를 한다. 길녀가 살고 있는 순화동 근처에는 "신문사라는 높은 건물이 거의 완공"을 앞두고 있고, "뉴 코리아 호텔, 대한항공, 대한일보, 그리고 대한화재 등 십 층 건물들이 연방 올라서고" 있고, 그녀가 친구인 미경의 집으로 가기 위해 집을 나서자마자 세종로 쪽에서 한일회담을 반대하는 시위대의 스피커 소리가 들려온다. 당시 뉴코리아 호텔은 일본의 매판 자본을 끌어들여 세워졌다는 이유로 학생들이 데모까지 벌였다고 전해지고, 대한일보사(社)는 시청 앞 서소문로 입구에 위치하고 있었다.

이처럼 이 소설은 서울의 한복판이라고 말할 수 있는 광화문과 종로 일대를 작품의 배경으로 삼고 있는 셈인데, 오늘날에는 높은 빌딩과 사무실의 스카이라인이 그 화려함을 자랑하는 이곳이 60년대 당시에는 각종 언론사와 주택가, 그리고 사창가가 뒤섞여 있는 곳이었던 것이다. 실제로 중구 순화동 옛 대한일보 뒷골목과 서린동 골목, 서소문 전매청 개천가, 단성사 골목에서 종묘까지 이어진 '종삼'은 60년대의 대표적인 집창 지역이었다. 60년대의 기록을 참조하면 당시 서울에는 20곳 이상의 집창촌이 자리하고 있었는데, 한 신문보도에 따르면 서울에서 매매춘의 집중단속 대상 지역은 중구 오장동과 봉래동, 주자동, 태평로, 회현동, 묵정동, 서대문구 서소문동, 종로구 청진, 장사동, 성동구 시구문동 등 11개였다. 주인공 길녀가 자신을 찾아오는 기상현을 피해 새로 이사한 "서소문 전매청 개천 옆" 또한 대표적인 집창촌이었다. 그곳은 일찍이 1930년 4월 총독부 기사였던 시인 이상이 근무했던 공사장이기도 하다. 그러나 길녀가 살고 있는 집주인 복실 엄마 역시 "때로는 복실 엄마 스스로 몸도 팔고, 돈도 받고, 슬금슬금 재미를 보는가 보았다"라는 진술처럼 고급 매춘부의 한 사람이었고, 그런 그녀의 집에 세들어 사는 사람들 역시 "바걸, 요정 기생, 신세계 백화점 옆이나 상업은행 옆에 나가서 히빠리(남자를 유인해 오는 것)를 주로 하는 미경이 친구인 수영이 같은 여자 등등, 주로 낮에는 자고 밤일만 하는 사람들"이었다.

3.

한편 이 소설에는 주인공 길녀를 중심으로 몇 명의 사내들이 등장한다. 먼저, 길녀가 은근히 마음을 두고 있는 남동표. 자신을 월남한 이북내기라고 소개하는 남동표의 본명은 '석표'인데, 고향을 떠나와 '동국'으로 이름을 바꾸었다가 "돈도 안 벌리고 장가도 못 가고 고향 생각이 나서" 두 이름을 합쳐 '동표'라는 지금의 이름을 만들었다. 고등실업자이자 사기꾼 브로커인 그는 "가회동, 원효로, 통의동, 삼청동" 등지를 떠돌면서 하숙을 하다가 현재는 "청운동 하숙집"에 기거하고 있다. 원효로가 예외적이지만 주인공 길녀로 대표되는 하층 여성의 공간과 마찬가지로 그의 공간 또한 종로 일대를 벗어나지 않는다. 다음으로 월부책 장사 기상현이 있다. "전라도 이리 근처의 양반 태생"인그는 주인공 길녀와의 결혼을 상상하면서 "금호동 근처에 오만 원짜리 전세방까지 미리 보아 두고, 계약금 일부까지 치"렀으나, 이런 그의 마음에 부담을 느낀 길녀가 서린동을 떠나게 만든다. 그러던 어느날 남동표가 금호동 기상현의 집을 찾아가 "반도 호텔, 조선 호텔, 메트로 호텔을 자기 집"처럼 부르면서 길녀의 존재를 팔아 기상현이 "오백 원권으로만 차곡차곡 깔아 둔 돈 팔만 원"을 훔쳐 달아난다.

이 소설에서 '호텔'은 수도 서울을 상징하는 공간으로 등장한다. 이 소설에 등장하는 1960년대의 반도호텔은 현재의 소공동 롯데호텔 자리에 위치하고 있었다. 반도호텔은 일제시대인 1936년 처음 건축되어 1953년 리모델링을 거치면서 당시로서는 최고의 호텔로 평가되었으나 60년대 다른 호텔들이 생기면서 명성을 잃어버려 1974년에 문을 닫았다. 그 후 롯데가 인수해서 1979년 지금의 자리에 롯데호텔을 세웠으니 사실상 롯데호텔의 전신이라고 말해도 과언은 아니다. 실제로 반도호텔은 수많은 역사적 회동과 밀담이 진행되고, 미군정 시절에는 사령부 사무실로 쓰이기도 했고, 50년대에는 일부 장면 총리의 정무실로 사용된 정치의 공간이자, 1960년 12월 18일 디자이너 앙드레김이 귀국의상발표회를 개최한 예술의 공간이었다. 또한 1962년 7월 『사상계』에 발표된 전광용의 「꺼삐딴 리」의 마지막 부분에서 친일-친소-친미로 거듭 정체를 바꿔가면서 현실에 적응하는 의사 이인국(異仁國)이 브라운을 만나 고려청자를 선물한 다음 택시를 타고 향한 곳도 바로 이곳 반도호텔이었다. 한편 이 소설에 등장하는 조선 호텔은 1914년 조선총독부 산하 철도국에 의해 세워진 호텔이다. 조선총독부 철도국의 부속기관으로 출발한 조선호텔은 조선의 국왕이 제례를 행하던 원구단의 일부를 헐고 세워진 한반도 최초의 서양식 호텔이다. 일제시대에는 '조센호테루'라고 불렸던 이 호텔은 조선총독부와 경성역 중간 지점에 위치하고 있었고, 이 호텔의 맞은편에는 경성부청사가 있었으

1965년 6월 5일 반도호텔 앞

며, 조선은행과도 300미터 거리로 가까워 편리한 위치였다. 이들 호텔
은 이 소설에서 압축적 근대의 상징적 장소인 '서울'을 상징하는 공간
이자, 동시에 서울이 자본주의적 삶의 방식으로 재편되고 있음을 보여
주는 장치로 기능한다.

　다시 소설로 돌아오자. 주인공 길녀가 은근히 마음에 품고 있었던
남동표가 길녀에게 연정을 느끼고 있던 기상현의 돈을 훔쳐 달아나면
서 소설의 사건은 급박하게 진행된다. 한편으로 길녀는 서린동 집 영
감의 첩으로 다옥동으로 이사를 함으로써 매춘에서 벗어나게 되는데,
그녀가 새롭게 이사를 한 다옥동은 지금의 영풍문고 맞은편, 그러니까

롯데호텔이 바라다보이는 광교 근처이다. 일찍이 식민지 시대에 그곳에 살았던 유명한 소설가가 있었다. 박태원이 바로 그이다. 다옥동 7번지, 그러니까 광교 천변에 위치한 그곳은 소설『천변풍경』의 배경이 되는 곳이기도 하다. 길녀가 다옥동으로 이사를 할 무렵 그녀의 고향 친구인 미경은 "대저 서울의 이웃 간이라는 게 이런 것인가. 오늘에서야 옆방의 수영이를 통해 알았지만, 미경이는 그새 종로3가로 갔다는 것이다"라는 진술이 설명하듯이 집창 지역인 종삼으로 흘러들어간다. 그리고 이들의 비루한 일상을 배경 삼아 한·일 회담을 반대하는 데모 소식이 소설의 군데군데에 섞여 들어간다.

이 소설에는 이러한 서울의 지명 외에도 '바둑집', '문화주택', '서민금융', '좌석버스', '오비홀'처럼 60년대 당시에 새롭게 등장한 직업과 장소들이 다수 등장한다. 「기묘한 우의」에서 서린동 영감의 아들인 법학도와 기상현은 함께 술을 마시기 위해 '오비홀'을 찾게 되는데, 그들이 향하는 곳은 무교동 쪽이다. 공간적인 경계로만 따진다면 당시의 서울도 꽤 넓은 곳이었겠지만, '서울은 만원이다'라는 제목이 암시하듯이 작가는 의도적으로 등장인물들의 일상을 종로 일대로 한정함으로써 오히려 서울이 결코 넓은 곳이 아님을 강조한다. 그래서 다음과 같은 구절이 가능해진다.

사실 서울 생활이라는 게 나도는 사람은 대개 그 사람이 그 사람들이었다. 아침나절에 명동 입구에서 만나서 반갑게 악수를 나눈 사람들이, 점심때는 무교동 근처에서 또 우연히 마주쳐서 악

수는 생략하고 씽긋이 웃거나, 저녁나절에는 또 세종로 근처에서
마주쳐, 피차 종일토록 빌빌거리는 것이 쑥스러워서 슬그머니 외
면을 하고 지나치는 경우가 허다하다.

이호철의 이 소설은 서울의 실제 지명을 여과 없이 사용함으로써 60
년대 중반 서울의 공간적 문화지리학을 가장 적나라하게 보여주는 작
품이다. 그렇지만 이 소설이 60년대의 모습을 풍경으로 처리하는 세태
소설이라고 생각해서는 안 된다. 가령 소설의 결말 부분인 「서울은 만
원」에서 작가는 근대화의 바람을 타고 날로 변해가는 서울의 모습과
더불어 그 근대화의 이데올로기가 서울 사람들의 삶에 가져온 변화를
분명하게 직시하고 있다. 「서울은 만원」은 1966년의 초여름을 배경으
로 시작된다. "부산 거리를 의욕적으로 밀어버리고 계속 두 눈 부릅뜨
고 서울로 전임해온 젊은 시장은 부임하자마자 전 시장이 얼마나 일을
안 하고 빈둥빈둥 놀기만 하였는가, 서울 시장으로서 서울시 행정에
얼마만큼 의욕이 없었는가, 일부러 강조나 하듯이 우선 교통난 완화에
나서서, 세종로 미도파 지하도 공사 착수를 비롯, 사방에서 도로 확장
공사가 착수되었다." 그리고 소설은 다음과 같은 여운을 남긴, 그러나
결코 그 비판적 시선을 무시할 수 없는 여운으로 막을 내린다.

그러나 아무튼 서울은 만원이다. 의욕적인 새 시장을 만나 서
울은 화려하게 단장이 되고 곳곳에 빌딩은 서고 사람들은 날로날
로 문주란의 노래 같은 것에나 잠겨 들기를 좋아하고, 차관은 들

어오고. 물론 차관은 유효적절하게 쓰이고 있을 것이었다. 적어도 우리 선량한 국민들은 그렇게 믿기로 하자. 그렇게 안 믿을 도리가 있는가. 이제 차관을 다 갚고, 우리의 근대화가 흔하게 돌아가는 말대로 이루어지고, 제2차 5개년 경제 계획이 성공리에 이루어지고, 그때 모두 옷을 갈아입고 모두 하루하루의 삶이 건실해지고 활기에 차 있게 될 때, 그때 우리 앞에 새 옷으로 단장한 길녀도 나타날 것이다. 일단, 그렇게 믿기로 하자. 그 시기를 오년 후쯤으로 잡을까.

이 인용문에 등장하는 "의욕적인 새 시장", 그러니까 마치 루이 나폴레옹의 명령을 받아 19세기의 파리를 전면적으로 뜯어고친 오스망과 같은 존재, 그리하여 시장이 되자마자 서울을 근대화의 아성으로 만들어 모두가 불가능하다고 생각했던 일들을 불도저처럼 밀어붙였던 그 사람이 바로 김현옥이다. 그러나 "일단, 그렇게 믿기로 하자"라는 진술에서 '일단'이라는 한정은 이 진술 자체가 신뢰성에 근거하고 있지 않음을, 따라서 표면적인 긍정과는 달리 매우 부정적인 시각을 견지하고 있다는 것을 암시하고 있다. 그렇기 때문에 "그 시기를 오 년 후쯤으로 잡을까"라는 진술은 전혀 중요하지 않은데, 왜냐하면 그것은 '5개년 계획'이라는 박정희 체제의 마스터플랜을 여과 없이 그대로 가져온 것일 뿐, 그 이상의 의미는 없기 때문이다.

4.

이호철의 『서울은 만원이다』에서 주인공 길녀와 그녀의 친구 미경이 걸었던 인생의 행로는 박정희의 "제2차 5개년 경제 계획"에도 불구하고 70년대에도 별반 달라지지 않았다. 그것을 증명하는 소설이 바로 조선작의 「영자의 전성시대」(1973)이다. 60년대가 길녀의 시대였다면 70년대는 분명 영자의 시대였다. 이 소설은 1970년대 자본주의에 의해 개인의 삶이 재편되는 과정에서 나타난 부의 편중현상과 물신주의의 폐해를 고발한 작품으로 유명하다. 소설의 대략적인 내용은 이러하다. 월남 파병을 마치고 돌아온 '나'는 목욕탕의 "때 미는 사람"으로 일하면서 한때 알고 지냈던 손창숙이라는 창녀를 찾기 위해 영등포의 밤거리부터 청량리의 '오팔팔'까지를 헤매다가 우연히 과거에 알았던 영자를 만난다. 이 소설에서 '나'의 꿈은 "무교동의 화려한 술집에서 보타를 매고 일하는 것"이거나 "명동의 한 소문난 양복점에서 재단사로 일 해보는 것"이었지만, 뜻을 이루지 못하고 결국 청계천 2가에 있는 철공장에서 견습용접공으로 일하다가 입대를 하게 된다. 이 소설의 주인공 영자는 그 시절 철공장 주인집의 식모였다. 가난한 시골 농삿집에서 태어난 영자는 가난 때문에 식모살이를 하기 위해 서울로 올라왔지만, "아, 식모살이라면 지긋지긋했어. 식모를 뭐 제 집 요강단지로 아는지, 이놈도 올라타고 저놈도 올라타고 글쎄 그러려 들더라니까요"라는 진술처럼 성적인 착취를 이기지 못해서 여차장으로 취직을 했다. 여차장으로 근무하던 중, 만원버스에서 떨어져 삼륜차 앞바퀴에

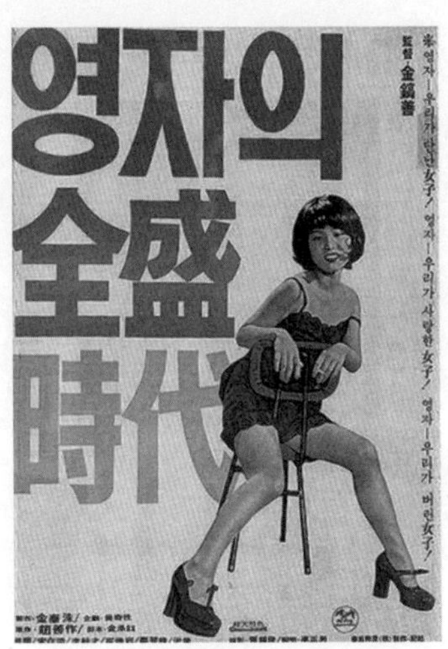

영화 〈영자의 전성시대〉 포스터

한쪽 팔이 잘리는 바람에 결국 사창가로 흘러들어오게 되었다.

'상경 → 여공(식모) → 창녀 → 비극적 죽음'이라는 전형적인, 그렇지만 근대화의 음화(陰畵)라고 말할 수 있는 이런 과정은 이호철의 『서울은 만원이다』에서는 길녀라는 인물을 통해서, 조선작의 「영자의 전성시대」에서는 영자라는 인물을 통해서 분명하게 그려진다. 실상 이타락과 몰락의 비극적 음화, 그러니까 근대화의 물결에 휩쓸려 부와 성공을 위해 상경했다가 끝끝내 몰락하는 인물들의 이야기는 발자크 시대 이래로 근대성의 문제에 천착한 많은 소설의 핵심적인 모티프였다. 만약 주인공이 남성이었다면 권모술수와 야비함이 강조되었을 것이며, 주인공이 여성이었다면 가치의 타락이 끝내 그녀들을 매춘이라는 자본주의적 상품 논리로 몰아가는 비극적 과정이 강조되었을 것이다. 어쨌거나 "창녀들의 창녀들에 의한 창녀들을 위한 오팔팔공화국"에서 겨우 연명하던 주인공 영자는 '나'와 재회하면서 의수(義手)를 갖게 되지만, 결국 뜻하지 않은 화재로 죽음을 맞이한다. 이 영자의 죽음이 바로 "39세 불도저 시장"이라고 불렸던 김현옥 시장과 무관하지 않다.

겨울에 들어서면서부터 갑자기 그 일대는 경찰의 철저한 단속을 받기 시작했다. 들리는 소문으로는 당국의 방침이 이 일대의 사창굴을 완전히 소탕시킬 계획이라는 것이었다. 마치 우리들 중대가 평정지역의 베트콩 잔비(殘匪)들을 깨끗이 소탕했듯이 소탕시킬 계획이라는 것이었다. 이른바 '불도저 작전'이라는 것이라고 했다.

기록에 따르면 1963년 당시의 서울시장이었던 윤치영은 농촌의 인구가 서울로 몰려드는 것을 달갑게 여기지 않았다고 한다. 소문에 의하면 그는 "서울을 좋은 도시로 만들지 말아야 농촌 인구가 몰려오지 않는다"고 말했다고 한다. 그러나 1966년 4월 39세의 김현옥이 제14대 서울시장으로 부임하면서 사정은 완전히 달라졌다. 그는 '불도저'라는 별명이 따라다닐 정도로 저돌적인 스타일이었는데, 실제로 그는 '돌격'이라는 구호가 새겨진 헬멧을 쓰고 현장을 누빈 것으로도 유명했다. 그가 서울시장에 부임하면서 엄청난 도로가 새로 만들어지거나 확장되었다. 8~10m가량의 폭이던 독립문~구파발, 왕십리~광나루,

1960년대 창신동

청량리~망우리 등 외곽 간선도로의 너비는 35~40m가 되었고, 낡고 느린 전차의 노선들은 일순간에 뜯겨나갔다. 그는 사직터널과 삼청터널, 남산 1·2호 터널 등을 뚫었고, 마포대교를 기공했다. 또한 서울역 고가도로와 북악 스카이웨이, 청계 고가도로를 건설했고, 강변도로를 만들었으며 144개의 보도육교를 가설했다. 문제는 이 모든 것들이 매우 짧은 기간 동안에 벌어졌다는 것이었다.

이러한 도시 인프라 건설과 동시에 도심 개발도 본격화됐다. 세운상가, 낙원상가를 비롯한 시민 아파트들이 건설되기 시작했고, 여의도 개발계획이 세워졌다. 1969년 12월에 준공된 제3한강교(한남대교)는

'강남 개발'의 신호탄이었다. 「영자의 전성시대」에서는 '불도저 작전'이라고 소개되고 있지만, 1968년 9월 일명 '나비작전'에 의해 사창가의 상징이었던 '종삼'을 쓸어버린 것도 그였다. 비록 조선작의 이 소설은 이 작전을 청량리의 오팔팔에 관한 단속과 철거로 형상화하고 있지만. 어쨌거나 도시의 기본 인프라와 도심의 개발, 심지어 서울의 경계를 확장하는 강남권 개발에 이르기까지 걸린 시간은 상상 이상으로 짧았고, 1970년 준공된 지 4개월밖에 안 된 와우아파트가 붕괴되어 33명이 사망하는 대형 참사의 발생처럼 속도전에 따른 부실과 졸속의 위험은 도처에 산재해 있었다. 이 사건을 계기로 그는 서울시장직에서 물러났지만, 단기간에 압축적인 방식으로 서울 시민들의 삶의 방식을 송두리째 바꿔놓은 근대화의 이데올로기는 이 시기에 가장 극명하게 드러났다. 소설의 마지막 장면은 원인을 알 수 없는 불길에 휩싸여 영자가 죽는 것으로 마무리되는데, "나는 구경꾼들을 헤치며 불길 앞으로 달려갔다…… 물줄기는 불길 쪽보다도 엉뚱하게 백화점이나 호텔의 벽을 후려 때리며 식히고 있었다"라는 진술에는 화재 진압이라는 공무행정이 하층민의 공간이 아니라 '백화점'과 '호텔'로 상징되는 자본의 이익에 복무하는 모습을 분노에 가까운 표정으로 드러낸다. 그 분노가 바로 "나라도 지금 심정 같아서는 어디라도 한군데 싹 쓸어 불질러버리고 싶었으니까 말이다"라는 '나'의 방화 의지로 표출된다.

5.

이호철의 『서울은 만원이다』는 60년대의 서울을 종로와 광화문 일대를 중심으로 한 사창가의 모습으로, 조선작의 「영자의 전성시대」는 70년대의 서울을 청계천과 청량리 일대의 집창 지역을 중심으로 그려냄으로써 근대화와 압축 성장의 과정에서 어떻게 도시 하층민들의 삶이 무너지고 도덕적인 타락으로 귀결되고 말았는가를 고발하는 시대의 음화였다. 이들 작품은 시골에서 상경한 여성들의 타락상과 돈이 삶의 중심적인 가치로 자리 잡는 상품화의 과정을 '윤리'적 가치에 포커스를 맞추고 있다는 점에서 유사성을 드러낸다. 그렇지만 박정희 체제하에서 하층민들의 삶이 모두 이러한 성의 상품화와 윤리적 타락의 문제로 설명되지는 않는다. 60년대 서울을 빈곤이라는 시선으로 묘파한 김승옥의 「역사」(1963)가 주목되는 것은 이런 이유 때문이다.

내가 들어 있던 집은 판자를 얽어서 만든 형편없이 작은 집이었지만 방은 다섯 개나 되었다. 따라서 겨우 한두 사람이 들어가 누우면 꽉 차버리는 방들이란 건 말할 필요도 없다. 그 중에서도 좀 넓고 채광도 좋다는 방을 주인 식구가 차지하고 있고 그 방보다는 못하지만 나머지 세 개에 비하면 빗물도 새지 않을 정도의 방은 방세 지불이 정확한 영자라는 창녀가 들어 있었다. 그리고 유리창이—그 유리창이란 게 금이 가고 종이가 오려 발라지고 더러웠지만 이 집에서는 유일한 유리창이었다—달린 방에는 오

십쯤 나 보이는 깡마르고 절름발이인 사내가 열 살 난, 열 살이라
고는 하지만 영양실조 등으로 볼이 홀쭉하고 머리만 커다랗지 몸
은 대여섯 살난 애들보다 더 작고 말라비틀어진 딸을 데리고 살
고 있었다. 그리고 나머지 방들 중에서 한 방을 사십대의 막벌이
노동자 서(徐)씨가 그리고 한 방을 내가 차지하고 있었다.

　　김승옥의 「역사(力士)」에는 두 개의 공간이 등장한다. 하나는 주인
공 ‘나’가 하숙을 들어 있던 “동대문이 가까운 창신동 빈민가”이고,
다른 하나는 ‘나’가 친구의 권유로 하숙을 옮겨온 양옥이다. 이 소설
에서 주인공 ‘나’는 지방에서 서울로 유학을 온, 희곡을 공부하는 대
학생이다. 소설은 이 두 공간, 서울이라는 세계에 대한 두 가지 표상
사이에 ‘피아노 소리’를 삽입함으로써 그 공간들의 심리적·물리적·
문화적 공간을 강조한다. 창신동의 빈민촌은 판자를 얽어서 만든, 그
래서 유리창조차 존재하지 않는 허름한 곳에 노동자와 창녀가 함께 기
거하는 공간으로 형상화되는 반면, 양옥은 “오전 열 시경에는 며느리
와 할머니가 놀리는 미싱 소리를 쭉 듣게 되고, 열두 시경에는 라디오
에서 나오는 음악을 듣고, 오후 네 시엔 「엘리제를 위하여」를 듣게” 되
는 세계로 묘사된다. 산업화에 따른 현대인의 일상을 풍자적으로 그린
이 작품의 공간적 배경은 창신동이다. 오늘날까지도 대표적인 서민 주
거지역이라고 불리는 창신동은 이화동과 함께 서울 동쪽 성곽을 마주
하고 있는 동네로서, 예전에는 깎아지른 화강암 절벽 아래에 허름한
집들이 무질서하게 늘어선 곳으로 유명했다. 실제로 현재까지도 이곳

을 처음 방문하는 사람들은 자신의 위치를 한 번에 가늠하는 데 어려움을 느낄 정도라고 한다.

오늘날의 접근법에 따르면, 동대문역 3번 출구 근처 창신시장 입구에서 시장길을 따라 올라가면 등장하는 곳이 바로 소설 「역사(力士)」의 배경이었을 것이다. 이곳은 식민지 시대에는 조선 총독부를 건축하는 데 소요된 돌을 캐던 채석장으로도 유명했으나, 60년대 중반에 접어들어 하층민들의 주거지역으로 바뀌었다. 그래서 60년대의 신문들을 살펴보면 절벽에서 암석이 굴러 떨어져 사람들이 다치거나 죽었다는 기사가 등장하기도 한다. 어쨌거나 김승옥의 「역사(力士)」에서 창신동의 빈민촌은 시골에서 상경한 지식인 '나'가 서울의 현실에서 느끼는 절망감이 상징적으로 표현되는 공간, 그러니까 "천성의 게으름과 가난한 자들의 특징인 금전의 낭비벽, 그리고 이제는 돌아갈 고향도 없이 죽는 날까지 이 서울에서 내 힘으로 살아가야 한다는 절망감"이 투영된 공간으로 "하얀 회가 발라진 벽"에 낙서 하나 없는 "병원처럼 깨끗한 방"인 양옥집과 선명하게 대비되는 곳이다. 당시 빈민촌인 창신동과 문화주택인 양옥집 사이의 거리는, 그러므로 한편으로는 심리적 거리이고, 또 한편으로는 계급적 거리일 수밖에 없다. 이 소설을 읽는 여러 가지 방법이 존재하겠지만, 무엇보다도 "버스 하나를 타면 곧장 갈 수 있다는 평범한 가능성마저를 송두리째 말살시켜버리는 간격의 저쪽에 있"는 빈민촌과 양옥집 사이의 심리적·계급적 거리 사이에서 방황하는 주인공의 내면심리를 통해서 계급(신분)상승의 욕구와 문화적인 섬망의 구조를 읽어보는 것도 흥미로운 독법이 될 것이다. 특히 이 심리적 갈등이 이질적인 두 공간을 병렬시킴으로써 서울에 대한 상이한 표상을 제공하는 방식으로 제시된다는 것 역시 흥미로운 요소이다.

예나 지금이나 도시에 대한 문학적 표상은 결코 하나로 귀결되지 않는다. 그것은 특히 소설의 등장인물들의 공간적 동선이 어떻게 설정되느냐에 따라서 극명하게 나뉘는데, 가난한 인물들의 경우에는 서울에서 거처, 즉 '방'을 어떻게 구하느냐는 문제로 집약된다. 모든 것이 방의 문제라는 식의 진술은 그런 점에서 산업화 시대 이후부터 지금까지 한국의 소설이 반복해서 강조해온 것이기도 하다. 그것은 서울이라는 도시 공간에서 '방'을 구한다는 것이 단순한 주거 공간이 아니라 심리적인 차원에서의 소속감의 문제와 직결되기 때문이다. 이런 맥락에서 보면 박태순의 「서울의 방」에서 박민규의 「갑을고시원체류기」와 김애란의 「성탄전야」, 그리고 김미월의 『서울 동굴가이드』는 모두 서울이라는 공간에서 뿌리내리지 못한 존재들의 이야기라는 공통점을 지닌다.

서울은 어디에 있는가

— 21세기, 명품 도시 서울과 '노웨어맨'

• 이선우 •

서울에서 살아간다는 것

모든 공간에는 풍경이 있다. 風景, 낱글자의 뜻은 '바람'과 '햇볕'이다. 이 둘이 한 낱말을 이루어 '풍경'을 뜻하게 된 것은 부분으로 전체를 칭하는 언어의 환유 기능 때문이겠지만, 여기에는 인간을 둘러싼 공간이 대부분 자연이던 시절의 기억 또한 오롯이 새겨져 있는 듯하다. 이제 사람들은 농촌이나 어촌이 아니라 대부분 도시에서 살아간

* 이 글은 2011년 11월 12일 〈신동엽 학회〉에서 발표한 「21세기, 명품도시 서울과 '노웨어맨'」과 『문학·선』 2011년 겨울호에 발표한 「그러나 삶은 계속된다」를 하나로 묶어 대폭 수정하고 다시 써 지금의 꼴을 갖추게 되었음을 밝힙니다.

다. 상쾌한 바람이 불어오고 따뜻한 햇볕이 내리쬐는 산과 들보다는 높은 빌딩과 아파트, 백화점과 대형마트, 8차선 도로를 꽉 채운 자동차들과 미로처럼 얽혀 있는 지하철, 책상마다 놓여 있는 컴퓨터와 노트북, 손에 손에 들고 다니는 스마트폰 들이 지금 우리를 둘러싼 풍경이다. '바람'과 '햇볕'은 이제 환유가 아니라 은유로나 풍경을 뜻할 수 있을 정도로, 인간이 만들어 살고 있는 도시의 풍경은 자연과 멀어졌다. '친환경'이 새로운 트렌드로 부상하고, 도심 내 녹지공원 조성이 선거공약이 되는 것은 도시가 그만큼 반환경적이고 녹지 빈곤지역이라는 뜻이기도 하다. 산이나 바다로의 여행이 관광 상품이 되고 잘 꾸며진 정원이 아파트의 가격을 올리는 것처럼, 하여 자연은 언제부터인가 우리 주위의 일상적인 풍경이 아니라 돈이 되는 하나의 상품이 되었다. 이런 풍경의 변화가 가장 극심하게 전개된 곳은 서울일 것이다.

대한민국에서 서울이 갖는 위상은 한 나라의 '수도'만은 아니다. '서울공화국'이라는 말이 보여주듯이 서울은 정치, 경제, 행정, 교육, 문화, 예술 등 한 나라의 거의 모든 부문이 집중되어 있는 '특별한' 도시이다. 그러나 이 특별한 도시에 특별한 사람들만 모여 사는 것은 아니다. 2010년 인구주택총조사에 따르면 전국 인구의 49.1%가 서울을 비롯한 수도권에 모여 살고 있다고 한다. 우리나라의 인구밀도는 세계 3위, 그런데 서울의 인구밀도는 한국 전체 인구밀도의 서른 배가 넘는다. 정말이지 인간이 제대로 살아갈 수 있을까 싶은 밀도다. 서울의 이러한 인구 과밀은 국가의 거의 모든 부문을 서울로 집중시켜버린 한국의 파행적인 근대화 과정과 그 과정에서 한국인들에게 깊이 뿌리박힌 욕망의 구조와 깊은 관련이 있다.

나 역시 이러한 현실의 구조와 욕망으로부터 자유롭지 못하다. 서울에서 10여 년간 타향살이를 하다가 이 글을 쓰기 직전 나는 서울을 떠났다. 그러나 기껏해야 경기도. 매일 서울로 오가기 위해 여전히 아등바등 서울의 경계에 매달려 있는 형국이다. 밥 벌어 먹고 공부하고 글 쓰고 술 마시고 노는 모든 일이 서울 안에서 이루어진다. 주소지가 바뀌긴 했으나 서울을 떠났다고 말하기는 면구스러운 형편. 그러나 내가 정말 서울을 떠났다고 말할 수 없는 것은 단지 매일 서울의 경계를 오가기 때문만도, 서울을 떠나면 삶을 꾸릴 수 없을 정도로 모든 것을 서울에 의존하고 있기 때문만도 아니다. 이제 문제는 '우리'가 어디에 있는지가 아닐지도 모른다. 서울의 영역이 서울의 경계를 넘어선 지는 이미 오래다. 우리는 서울에 살지 않아도 서울에 '있다'. 메트로폴리스 서울, 이 도시는 이미 한국인의 삶의 방식과 의식, 감수성까지 내밀하게 지배하고 있기 때문이다.

판잣집을 일으켜 세워 와우, 아파트로

언제부터 서울은 이런 대도시가 되었을까. 서울은 그 기원이 600년이 넘는 고도(古都)로, 근대 이전에도 느리지만 꾸준히 그 인구가 증가해왔던 곳이다. 그러나 개화와 더불어 빠르게 증가하기 시작한 서울의 인구는 해방 후 집단 이주한 월남민들과 농어촌 실업군의 대거 유입에 따라 서울이 갖는 실질적 능력을 초과하여 급격히 증가했다. 근대화

과정을 밟지 못한 산업구조와 경제적 불합리성으로 인해 당시 서울은 폭증하는 이촌인구를 부양할 능력이 없었으나, 일종의 푸시(push) 현상으로 인해 과잉도시화된 대표적인 경우라 할 수 있다.[1] 많은 사람들이 농촌에서 먹고살기 힘들어 서울로 떠나왔으나 이들은 대부분 도시빈민이 되었다. 이들에게 서울은 결코 농촌보다 살기 좋은 곳이 아니었다. 사람들은 여전히 농촌을 그리워했으며, 당대 시와 소설이 이상향으로 설정한 공간 역시 도시가 아니라 농촌공동체였다. 그러나 도시빈민의 증가는 농촌의 와해 위에 이루어진 '농민의 도시화(cities of peasants)'를 늦추지 못했다. 서울살이에 실패하고 다시 귀향하는 경우도 있었으나 대부분은 도시를 떠나기보다 끊임없이 주변화되는 방법으로 도시화의 동력이 되어왔으며, 1970년대에 이르면 우리나라 전체 인구의 50% 이상이 도시에 거주할 정도로 도시의 삶은 일상이 된다.

한국의 이런 도시화를 선도한 것은 단연 서울이다. 1955년~1980년 사이의 인구 이동에서 가장 큰 부분을 차지하는 것 역시 서울을 중심으로 한 수도권으로의 이동이다. 단기간에 이루어진 서울의 폭발적 인구 증가는 당연히 여러 가지 문제를 야기했다. 무엇보다 공간 수급 능력의 한계로 주택난이 심화되었고, 땅값이 상승해 자산 가치가 토지를 중심으로 급격히 증가하는 기형적 양상이 생겨났다. 농촌에서 무작정

---

[1] 오유석, 「서울의 과잉도시화 과정 : 성격과 특징」, 『1950년대 남북한의 선택과 굴절』(역사문제연구소 편) 역사비평사, 1998 참고.

와우아파트 붕괴 모습

상경한 사람들은 대부분 안정된 일자리를 찾지 못한 채 서울 변두리에 판자촌을 형성하고 집단으로 거주할 수밖에 없었다. 이렇게 생겨난 무허가 불량주택이 점차 늘어나, 1966년에는 서울시 인구 380만 명 가운데 3분의 1에 해당하는 127만 명이 무허가 주택에 거주하고 있었다. 이로 인한 문제들은 서울시가 가장 시급히 해결해야 할 난제 중의 난제였다.

하지만 더 큰 문제는 "쓰러질 듯 누워 있는 판잣집을 번듯하게 일으켜 세우자"는 당시 서울시장 김현옥의 단순한 발상이 아니었을까. 1966년에 서울시장으로 부임한 그는 이후 대대적으로 판자촌을 밀어

천막촌을 이룬 광주 대단지

버리고 아파트 건설에 매진한다. 그러나 1970년의 '와우아파트 붕괴 사고'가 보여주듯이 당시의 서민 아파트 공사는 대개 부정부패로 얼룩진 날림공사였으며, 성과 위주의 전시행정이라는 정부 당국의 무능과 무책임을 그대로 드러내는 경우가 많았다.[2] 더구나 이 과정에서 서울시는 판자촌 빈민들을 당시에는 거의 황무지와 다름없었던 경기도 광주로 강제 이주시켜놓고, 투기꾼이 몰려들자 당초의 약속을 어기고

---

[2] 강준만, 「모든 집은 와우식으로」, 『한국 현대사 산책 1970년대편 : 1권 평화시장에서 궁정동까지』, 인물과사상사, 2002 참고.

토지를 비싼 값에 불하하겠다고 발표함으로써 빈민들의 대대적인 저항을 야기하게 된다. 이것이 1971년에 발생한 '광주대단지 사건'이다. 1970년대 도심재개발을 둘러싸고 진행된 투기 열풍과 폭력적으로 감행된 판자촌 철거, 이 과정에서 철저히 소외되고 유린된 도시빈민들의 이야기는 조세희의 『난장이가 쏘아올린 작은 공』 등을 통해 문학적으로 형상화되기도 했다.

아름다움을 추구하는 명품 도시, 서울?

그런데 서울의 이런 파행적인 도심재개발 사업은 1970년대라는 한국의 특수한 상황만이 낳은 결과였을까? 전후로 황폐해진 수도 서울, 사방에서 밀려드는 월남민과 이촌민, 도시 행정을 마비시킬 정도로 늘어나 버린 무허가 판자촌들……. 어떤 식으로든 빠른 도심 재정비가 필요했던 당시의 상황에서라면 과정보다는 결과가 우선시될 수밖에 없었을 것이라는 논리에 설득력이 전혀 없는 것은 아니다. 억압적인 정치권력이 경제개발을 최우선 과제로 밀어붙이고 있던 시대였으니 더욱 그럴만했다. 그러나 40여 년이 지난 지금까지도 이러한 논리가 여전히 사라지지 않고 있다면, 이제 우리는 이러한 논리 자체가 가지고 있는 야만성에 대해 의심해보아야 하지 않을까.

21세기에도 서울은 여전히 공사 중이다. 판자촌이 도시 행정을 마비시키지 않아도, 켜켜이 쌓여가는 시간의 아름다움을 공간에 새겨놓을 줄 몰랐던 우리의 졸속적인 근대화는 끊임없이 재개발을 요구하고 있으며, 부동산을 사람이 거주하는 공간이 아니라 재산 증식의 가장 효과적인 수단으로 간주하는 사람들에게 낮고 낡은 것은 하루속히 높고 화려한 것으로 변모되어야 하기 때문이다. 이러한 과정에서 철거민, 특히 세입자들의 권익이 제대로 보호되지 않는 것은 어쩌면 당연한 일이다. 재개발, 재건축의 목적 자체에서 인간은 이미 소외되어 있었기 때문이다.

21세기, 서울은 이제 단순히 공업화, 산업화를 추구하는 도시가 아니라 '아름다움'을 추구하는 명품 도시를 표방하고 있다. 서울시가 내세운 '디자인 서울', 그것은 이제 우리의 삶이 그만큼 여유로워졌다는 의미일까. 오세훈 전 서울시장은 "디자인산업은 국가와 도시경쟁력을 높이는 원동력"이며, "시민이 행복한 서울을 만들기 위해서는 '디자인'이 가장 중요하다"며 '삶의 질'을 높이는 4대 디자인으로 그린디자인(도심 공원화 사업 등을 통한 녹지 공간 창출), 블루디자인(한강르네상스 사업과 20개소 하천 복원 사업 등), 휴먼디자인(걷기 좋은 도로, 상상어린이공원, 여행(女幸) 프로젝트, 유니버셜 디자인 등), 서비스디자인(120 다산콜센터, 천만상상오아시스 등)을 들었다. '양'이 아니라 '삶의 질'을 이야기하고, 산꼭대기까지 아파트를 밀어 올리는 것이 아니라 도심 내 녹지 공간의 창출을 약속하며, 무분별하게 복개했던 하천을 복원해 서울 시민의 휴식 공간으로 되돌려줄 뿐 아니라 눈에 보이지 않는 영역에서까지 사람을 생각한다니, '디자인 서울'은 정말 우리가 추구해야 할 도시의 미래상처럼 여겨진다.

그러나 엄청난 예산을 들여 서울시의 이 '디자인 서울' 사업이 진행

세종대 담장 철거 후 보도 확장 및 휴식 공간 조성

가로 시설 정비 및 보도 조성

디자인서울 홈페이지에 제시되어 있는 '디자인 서울거리' 조성 사진 중 일부. 가로 시설이 정비되고, 보도와 휴식공간이 확대 조성되었다. 그런데 그곳에 있던 노점상들은 모두 어디로 갔을까?

'디자인 서울' 사업이 진행되는 동안에 일어난 '용산참사'

되는 동안에 바로 저 용산참사가 일어났다. 철거 현장에서 여섯 명이 죽었다. 그러나 그 후에도 홍대에서, 명동에서, 포이동에서, 재개발이 일어나는 곳에서는 어디서나 강제철거가 계속되고 있다. 과연 무엇이 '그린' 이고 '휴먼' 이고 '아름다움' 이고 '명품' 이란 말이었을까. 서울 시민의 혈세를 모아, 가진 자들의, 가진 자들만을 위한 서울을 새롭게 '디자인' 하고 있는 것이었을까. 하지만 그렇다면 그것은 새로운 것도 아니지 않은가. 판자촌을 싹 쓸어버린 뒤 아파트를 짓고 도시빈민들을 아무 대책 없이 시 외곽으로 몰아내는 것, 성과 위주의 전시행정이라는 정부 당국의 무능과 무책임을 그대로 드러내는 것, 즉 과정보다는 결과를, 인권보다는 개발을 중시하는 것은 1970년대 박정희 정권이 건설한 서울에서 이미 다 드러난 면면들이다. 새롭게 포장하고 아름답게 꾸미긴 했지만, 그 핵심에는 여전히 인간에 대한 고려가 보이지 않는다. 못 가진 자는 이제 '인간'의 반열에도 들 수 없기 때문일까.

21세기 서울의 '노웨어맨'들

1970년대의 서울을 그린 문학작품에서 가장 대표적인 인물상은 '뿌리 뽑힌 사람들'이었다. '농촌-고향'을 떠나왔으나 '도시-서울'에서도 제대로 정착하지 못하고 뜨내기의 삶을 살아갈 수밖에 없던 사람들의 박탈감과 상실감, 서울에 대한 애증과 돌아갈 수 없는 고향에 대한 그리움은 마치 하나의 공식과도 같았다. 그러나 최근 젊은 작가들의 소설에 나타나는 서울의 인간 군상은 더 이상 뿌리 뽑힌 사람들도 아니다. 도시화율 91%(2010년 현재), 도시는 제2의 자연이 아니라 거의 유일한 자연이 되어가고 있다. 젊은 세대의 대부분은 도시에서 나고 자랐기에, 도시에 뿌리를 내리지 못했다면 이들에게는 애초에 뽑힐 뿌리조차 없었던 것인지도 모른다. 아니, 이제는 이런 식물적 상상력 자체가 소설에 거의 등장하지 않는다. 대신 인간은 종종 동물이나 사물로, 혹은 유령이나 환영처럼 등장한다. 그리고 이제는 아예 '노웨어맨 Nowhere man'이라는 말이 떠돈다.

소설가 염승숙이 존 레논의 노래에서 빌려온 이 '노웨어맨'은 염승숙의 「노웨어맨」(2011)에서는 파산자를 지칭하는 용어로 한정해 사용

서울역 광장의 노숙인, 우리도 언제든 이런 '노웨어맨'이 될 수 있다.

되고 있지만, "어디에도 없는" 혹은 "아무것도 아닌 사람"을 뜻한다. 그런 사람이 존재할 수 있는가. 물론, 그럴 수는 없다. 그러나 지금 서울에서 어떤 사람들은 종종 "어디에도 없는" 것처럼 취급당하고, "아무것도 아닌 사람"처럼 대접받는다. 파산자뿐만이 아니다. 실업자, 탈북자, 이주노동자, 장애인, 철거민……. 우리 역시 예외가 아니다. 돈 없고 힘없고 빽 없는 사람들은 언제든 이런 '노웨어맨'이 될 수 있다. 놀랄 일도 아니다. 우리에게는 이미 그런 유구한 역사가 있다. 인간의 역사에서 노예와 노비가 사라진 것이 그리 오래되지 않았다는 것, 여성과 아이들이 인간의 반열에 오른 것 또한 최근의 일이라는 것을 우

리는 알고 있다. 물론 오랜 싸움 끝에 인간은 부분적이나마 평등을 쟁
취했다. 물론 대부분은 형식적 평등에 불과하다. 그것을 실질적 평등
인 양 포장하고 있다는 점에서 민주주의라는 정치제도에는 사실 기만
적인 측면이 있다.

그 기만을 벗긴 것은 아이러니하게도, 가진 자들에게만 더 많이 가
지게 하고 못 가진 자들에게는 인간적 삶조차 허락하지 않는 저 적나
라한 후기자본주의의 논리다. 가면을 쓰는 따위의 체면치레도 없이,
자본의 폭력은 이제 일상화 · 전면화되었다. 인간의 인간됨을 결정짓
는 것은 인권선언 따위가 아니라 그가 가진 돈의 총량이라는 듯, 정치
마저도 경제에 종속된 시대를 우리는 천연덕스럽게 살아간다. 그리하
여 우리는 다시, '노웨어맨'이 되었다. 게오르그 짐멜이 말했듯이 현
대사회에서 돈은 사물의 모든 다양성을 균등한 척도로 재고, 모든 질
적 차이를 양적 차이로 표현하며, 무미건조하고 무관심한 태도로 모든
가치의 공통분모임을 자처하는 가공할 만한 '평준화 기계'다. 대도시
에서는 이 평준화 기계의 작동 아래 모든 인간이 수량적 대소관계로
환원되어버리고, 사물의 핵심이나 고유성, 특별한 가치, 비교 불가능
성은 가차 없이 사라져버린다. 이것은 짐멜이 100년 전에 내린 진단이
다. 그러나 대도시의 본질이 크게 바뀐 것 같지는 않다. 서울에서 살아
가는 한, 우리는 이 근본적인 소외로부터 벗어나기 힘들다.

대도시의 욕망과 유령의 삶

김사과는 서울의 이 폭력적인 존재 방식에 매우 민감한 작가다. 그에게 서울이라는 도시 공간은 소설의 단순한 배경이 아니다. 그는 '서울'이 한국인의 삶에 있어 매우 중요한 표상이라는 것을 의식하고 있으며, 그것을 자기 소설의 중요한 테마로 삼고 있다. 특히 그의 장편 『풀이 눕는다』(2009)에는, 서울이라는 도시 공간에 대한 불안과 공포를 강하게 표출하는 젊은 소설가가 주인공으로 나온다. 서울의 중산층 가정에서 태어났고 이른 나이에 소설가가 되었지만, 그는 지금 학교도 휴학하고 소설도 쓰지 못하면서 도시를 방황하고 있는 중이다. 그에게 서울은 끊임없이 욕망을 전시하고 판매하고 소비하며 사람들의 의식과 삶의 방식을 결정해버리는 곳, 그러므로 누구도 그 욕망의 굴레로부터 벗어날 수 없는 곳이기 때문이다. 그러한 욕망을 가장 잘 드러내는 것은 높이 솟은 서울의 빌딩들과 화려하게 치장된 이른바 명품 아파트들이다. 「성북동 비둘기」로 유명한 김광섭은 1970년대에 이미 "지평선까지 양회일색(洋灰一色)"으로 늘어서고 있는 서울의 고층 아파트들이 이 시대의 "새로운 神"(「산책」)이라고 탄식한 바 있다. '하늘밖에는 보이지 않는 산책', 그로부터 40여 년이 흘렀다. 서울은 더욱 거대해졌고, 이 도시의 산책자는 비탄 정도가 아니라 절망에 빠져 있다.

도시는 거대했다. 아니 끝이 없었다. 아무리 걸어도 벗어날 수가 없었다. 내 눈을 가린 빌딩들 너머에 뭐가 있을지 상상조차 할 수 없었다. 아니 도시는 이렇게 말하는 듯했다. 이게 전부다. 네가 보는 것, 이게 전부다. 걸으면 걸을수록 나는 피곤해지고 무거워졌다. 그리고 정말로 그게 다였다. 코끝까지 먼지가 차올랐고 몸에서는 오래된 기름 냄새가 나기 시작했다. 사방은 회색 콘크리트 덩어리로 막혀 있었다. 거리는 사람들과 자동차로 차고 넘쳤고 반짝거리는 간판들이 번번이 지갑을 유혹했지만 나를 기억하거나 기다리는 곳은 어디에도 없었다. 바로 그곳이 내가 태어나 자랐고 또 살아가는 곳이었다. 절망적이었다. 나는 서서히 가라앉고 있었는데 거기는 수영장도 바다도 아니었다. 나는 분명히 익사하고 있었지만 아무도 그런 하찮은 일에는 관심이 없었다.

— 김사과, 『풀이 눕는다』, 문학동네, 2009, 13쪽

보이는 것이 전부인, 이 한 겹뿐인 도시적 삶을 결코 벗어날 수 없다는 사실은 '나'를 더욱 깊은 절망에 빠뜨린다. 그러나 서울은 타인의 절망 따위에는 관여하지 않는 거대한 익명의 도시, 이 도시에서는 결코 채울 수 없는 욕망만이 높은 빌딩처럼 자라날 뿐이다. "이런 데서 살고 싶지?" 사람들을 유혹하며 화려하게 솟은 고급 아파트들은 사람들이 원하지 않게 되면 순식간에 무너져버릴 것들이지만, 그것들이야말로 "이 도시를 만든 사람들의 욕망 그 자체"이므로 결코 무너지지 않는다. 낡으면 즉각 허물어버리고 더 높이 쌓아올리는, 우리의 욕망이 만들어낸 우리의 특별시, 서울. 나도, 너도, 그 누구도 이 도시의 욕망으로부터 자유로울 수 없다는 것이 서울에서 나고 자란 소설가 '나'

높고 화려한 빌딩들로 가득찬 서울 도심의 야경

의 현실 인식이다.

가난하지만 자족적인 삶을 살아가는 무명 화가 '풀'은, 그러므로 '나'에게 매우 예외적인 인물로 다가온다. 그는 이 도시의 온갖 욕망에서 자유로워 보였기 때문이다. 우울증을 앓으며 이 삭막한 도시를 방황하던 '나'는, 마치 딱딱한 아스팔트에서 솟아난 '풀' 한 포기를 발견한 것처럼 그에게 자신의 모든 사랑과 희망을 건다. 그러나 '풀'은 '나'의 구원자가 되지 못한다. '나'의 예측대로, 그는 철저히 파괴당한다. 그리고 거기에 가장 크게 일조한 것은, 절대로 지면 안 된다고 말했던 '나' 자신이다. '나'는 스스로를 믿지 못하듯이 풀도 믿지 못했고, 노동은 거부하면서도 도시적 삶의 욕망은 거부하지 못했다. 자족하는 대신 소비하고, 배려하는 대신 집착하고, 소유함으로써 소유당하고 의존하는 '내' 삶의 방식은 그대로 사랑의 방식이 되어 '풀'을 압박했던 것이다. 불안정한 삶의 방식으로 세상과 맞서며 사랑 안에서 아름답게 굶어 죽겠다던 '나'는, "행복하게 굶어 죽지 못하고 자꾸 배가 고파서 짜증이 나는" 자신에게 실망하면서도 '풀'의 옥탑방에서 부모의 안락한 아파트를 그리워하며 알코올릭이 되어 간다. '나'는 도시적 삶에 이미 너무 깊이 길들여져 있었던 것이다. 결국 둘은 헤어지고 '나'는 풀의 옥탑방에서 나와 부모의 아파트로 돌아간다.

'풀'은 오래 견뎠으나 깊이 상처받는다. 부모는 내내 아들을 부끄러워했으며, 목숨을 내던질 듯하던 연인은 알코올릭이 되어 떠났다. 자신을 믿어주던 작은아버지마저 돌아가셨다. 잘난 친구는 자신의 비루한 현실을 생생하게 드러낸다. 그는 결코 많은 것을 바라지 않았는데, 그것조차 가질 수 없다. 인간이 아니라 "병신 청소기" 취급이나 받으며 돈을 벌어야 하고, 그렇게 돈을 벌어도 그림을 그릴 방 한 칸 얻을 수 없으며, 어렵사리 그림을 그려도 돈도 없고 학벌도 없어 전시의 기회조차 얻지 못한다. 풀은 그렇게, 자신에게는 앞이 보이지 않는 삶만이 계속 이어질 뿐이라는 것을 처절하게 깨닫는다. 아무것도 하지 못했다는 자책감, 앞으로도 아무것도 하지 못할 것이라는 공포가 서서히 그를 사로잡는다. 그리고 그것은, 이 세상과 싸워 이길 수 있는 그의 유일한 무기였던 자족감을 그에게서 앗아가 버린다. 궁지에 몰린 개처럼 불안하게 눈을 굴리며 그는 이제 예전의 '나'보다 더 분노하고 절망한다. 반항의 포즈는 용서될 수 있지만 정말로 반항하는 자들에게는 결코 삶이 허락되지 않는다는 것을, 이 젊은 예술가들은 혹독하게 배운다.

"삶은 끝났다. 그런데 우리는 여전히 살아 있었다."

'나'의 말이다. 그런데 삶이 끝난 이후에도 여전히 살아 있는 존재들이란 대체 무엇인가. 그것은 바로 유령이 아닌가. '나'는 사랑도 꿈도 반항도 끝나버린 이후의 삶이란 한낱 유령의 삶에 불과할 뿐이라는 것을, 그러나 자신은 결국 이 유령의 삶을 살아가게 될 것이라는 사실을 절망적으로 응시한다. '나'의 응시를 통해 드러나는 것은 그것이 유령의 삶이라는 것도 모른 채 좀비처럼 저 욕망의 도시를 향해 달려가고 있는 우리들의 삶이다. 그 유령의 삶을 살아갈 수 없었던 '풀'은 결국 추락사한다. 나는 결코 "병신 청소기"나 "쓰레기"가 아니라 인간이라는 선언, 그것은 죽음이 동반되고서야 잠시 전파를 탈 뿐이다. 그러나 아무런 전망도 없이 절망적인 결말만을 제시하고 있다고 해서 『풀이 눕는다』가 우리에게 무장해제를 권하고 있는 것은 아니다. 그 어떤 낙관적인 전망도 거부함으로써 김사과는 그의 냉정한 현실 인식을 드러내는 동시에, 풀을 죽음으로 몰고 가는 우리 사회의 구조와 자본주의적 삶의 욕망에 대해 심각하게 질문한다. 풀의 죽음은 나약한 한 개인의 무책임한 현실도피가 아니라 분명한 사회적 타살이다. 그리고 거기에는 우리 모두가 깊이 연루되어 있다. 더 이상 개발독재 시대는 아니라고 말하면서도, 도시 이곳저곳에서 여전히 폭력적으로 전개되는 재개발 사업은 그것을 더욱 첨예하게 드러낸다.

도시재개발과 종말론적 상상력

김사과의 『풀이 눕는다』(2009)에는, 자신이 쓰는 것은 "무에 지나지 않는다"고 말하는 또 한 명의 소설가가 등장한다. 그는 "일종의 추모"를 위해서만 글을 쓸 뿐, "남은 건 끝없는 종말뿐"이라고 한탄한다. "세계는 더욱더 나빠지고" "희망은 자살이란 형태로 존재할 뿐"이다. 체제는 견고하고, 우리는 "삼차원적 동물", "체제 내 존재"에 불과하기 때문이다. 실제로 최근 젊은 작가들의 작품에서 우리는 종종 이런 종말론적 의식을 발견할 수 있다. 그러나 이들의 종말론은 여타 종교의 그것과는 분명한 차이가 있다. 기독교의 종말론만 해도, 비록 도식적인 이분법에 기대고 있긴 하지만 여기에는 적어도 이 세계 바깥에 대한 상상력이 존재한다. 즉, 지상의 종말은 천국의 도래와 직결되어 있는 것이다. 그러나 최근의 소설이 보여주고 있는 저 종말론적 의식에는 체제 바깥에 대한 상상력이 결핍되어 있다. 바로 그것이 "남은 건 끝없는 종말뿐"이라는 절망적인 현실 인식을 낳는다. 단지 세계가 더욱더 나빠지고 있기 때문이 아니다. 우리는 "체제 내 존재"에 불과하다는 체념과 '체제는 너무 견고하다'는 두려움이 우리를 사로잡고 있기 때문이다.

이것은 물론 오랜 학습의 산물이다. 그런데 그것이 과연 현실에 대한 정확한 판단에 근거한 것일까. 혹시 우리는 도시적 삶을 벗어날 수 없듯이 체제 밖도 상상할 수 없도록 길들여져 버린 것은 아닌가. 바깥을 꿈꿀 수 없으므로 이 세계의 부정은 곧 종말을 의미할 수밖에 없고,

진보를 기대할 수 없으므로 이 세계의 변함없는 지속 역시 역설적인 의미에서 종말과 다르지 않다. 결코 종말이 오지 않는 종말, 하여 마치 지옥을 살아가듯이 우리는 속으로 비명을 삼키며 이 도시의 악무한을 견디고 있는 것일까. 낙관과 유머를 가장 큰 소설적 자산으로 자랑하던 김애란마저 최근에는 웃음기를 싹 지우고 일종의 재난소설을 내놓았다. 서울을 배경으로 전개되고 있는 소설이 아니므로 이 소설에 대한 논의는 생략하겠지만, 그 재난의 현장이 도시 재개발 현장이라는 점에서 「물속 골리앗」(2010)은 보다 문제적이다. 주원규의 『망루』(2010) 역시 재개발을 위해 철거가 진행되는 서울의 한 지역을 '제국의 야만에 의해 재앙의 화마에 휩싸인 예루살렘'에 등치시키며 종말론적 상상력을 드러낸다.

화려한 도시 한가운데에서 자신이 매일매일 익사당하고 있다고 느낀다거나(『풀이 눕는다』), 더욱 화려하게 변신하기 위한 도시재개발 현장에서 오히려 이 세계의 종말을 실감한다는 것은 매우 아이러니한 일이다. 그것은 그만큼 이 도시가 비인간적인 공간이며, 저 개발의 현장이 폭력적이라는 의미일 것이다. 이는 어제 오늘의 일은 아니지만, 2010년을 전후해서 한국소설은 도시재개발을 소설의 주요 테마로 삼고 있는 작품들을 여러 편 제출했다. 황정은의 『百의 그림자』(2010)도 철거를 앞둔 서울의 전자상가를 소설의 주요 무대로 삼고 있으며, 손아람의 『소수의견』(2010)은 비극적인 망루 화재 사건으로 여섯 명의 목숨을 앗아간 용산 사건의 법정 공방을 소설화하고 있다. 현실의 비정성시가 작가들을 자꾸 독촉한 까닭이겠지만, 이 작품들은 현실의 징

현재 세계 최대의 감리교회인 금란교회, 북한 정권의 권력세습을 규탄하던
금란교회 김홍도 목사는 2006년 자신의 아들에게 목사 자리를 세습했다.

후만을 그리는 것이 아니라 현실의 이 폭력에 맞서고자 하는 작가의
고투를 함께 보여주고 있어 더욱 소중하다. 도시가 고향이고, 자본주
의가 상상할 수 있는 세계의 전부인 지금, 우리는 어떻게 이 도시에 투
항하지도, 질식하지도 않고 살아남을 수 있을까.

세속화된 교회, 신(神)이 되어버린 자본의 논리

주원규의 『망루』는 도강동 재개발 사업을 둘러싼 세속도시의 욕망
과 그 폭력의 연쇄를 정공법으로 다루고 있는 소설이다. 도강동의 거

대지주로 철저히 세속화된 세명교회를 설정하고, 한국철거민연합(한철연) 회장으로 신학대학 출신의 김윤서를 등장시켜 대립각을 세우는 한편, 미래시장의 허드렛일꾼 한경태를 '재림예수'로 제시함으로써 인성(人性)과 신성(神性)을 함께 고민하고 있다는 점에서도 우리 시대의 야만에 정면으로 도전하고자 하는 작가의 의지를 읽을 수 있다.

구성이나 문장 등에서 적잖은 한계를 노출하고 있긴 하지만, 이 소설이 우리 시대의 중요한 문제를 건드리고 있는 것만은 분명하다. 『망루』가 뚜렷하게 그 영향 관계를 노출하고 있는 작품은 이문열의 『사람의 아들』인데, 이 작품이 『사람의 아들』이 가진 한계를 제대로 극복한 것은 아니지만 '도강동 미래시장'과 '세명교회'라는 현실의 시공간에 보다 집중함으로써 신성의 탐구라는 고전적인 문제와 함께 재개발과 철거를 둘러싼 당대 서울의 핵심적인 문제로 바로 파고들었다는 점만은 높이 살 만하다. 여기에 대형교회의 목사직 세습 문제라든가, 세속적인 사회와는 비교할 수 없는 교회 내의 강력한 위계구조, 서민들의 맹신에 가까운 신앙과 그러한 평신도의 순수한 신앙심을 호도해 자신의 배를 불리는 목사, "서울시에서 몇 안 되는 빈곤층 시민들의 거주지"였던 도강동에 본격적인 개발 붐이 일어나면서 펼쳐지는 교회 안팎의 지각변동들을 세밀하게 그려냄으로써 현실을 보다 중층적으로 구축해내고 있다. 경제와 정치, 종교가 하나로 결탁한 '세명교회'라는 일종의 권력집단이 신의 이름을 빙자해 폭력적으로 밀어붙이는 대형 레포츠센터 건립 사업 이야기는 종교의 타락상에 대한 거침없는 비판이자 돈이 곧 정치고 종교가 된 우리 사회 전반에 대한 알레고리이다.

결말부에서 제시되는 성문당 망루 화재 사건이 보여주듯이, 이 소설의 재개발 현장은 비극적인 용산참사를 낳은 용산4구역 재개발 현장을 바로 연상시킨다. 철거민들의 항의집회에 용역깡패들이 나타나 폭력 행위를 해도, "먼발치도 아닌 바로 차도 하나를 사이에 두고 지켜보던 지구대 경찰들"이 싸늘한 무반응으로 일관하며 "이 무법의 야만을 두 눈 멀쩡히 뜨고 지켜보고" 있는 장면이라든가, 깡패들이 성문당에 테러를 가해 112에 신고를 해도 "그곳에 아직도 사람이 있어요? 그럴 리가 없을 텐데요." 따위의 냉담하고 어처구니없는 반응만 되돌아오는 상황들은 안타깝게도 지금 우리에게는 전혀 낯설지가 않다. "무슨 말씀이세요. 여기 철거민들이 모여 있어요. 사십 명이 더 넘는다고요. 그런데 지금 용역 깡패들이 함부로 건물 전기를 내리고 2층 창문으로 화염병을 던지고 있어요. 빨리 와주세요. 어서요." 그러나 경찰은 오지 않는다. 경찰에게 철거민이란 더 이상 보호해주어야 할 시민이 아니라, 마치 아무 데도 없는 것처럼 감추고, 아무것도 아닌 것처럼 내쫓아야 하는 존재들이기 때문이다.

교회는 이들에게 '악마의 무리' 라는 표상도 추가시킨다. "대형 레포츠 센터를 건립하고 새로운 수익 사업을 통해 교회가 단순히 하나님의 성전이 아니라 지역사회에 경제적으로 이바지할 수 있는 기업이 될 수 있도록 만드는 것이 곧 하나님 왕국의 확장"이며 따라서 "성문당에 남아 있는 철거민들은 불법만을 자행하며 하나님 나라 확장을 반대하는 악마의 무리들"이라는, 철저히 세속화된 교회의, 신의 이름을 빙자한 야만적인 자본의 논리가 교인들에게 강요되고 있는 것이다. 목사의 협

박에 굴복해 스스로 이러한 논리를 만들어낸 전도사 정민우는 자신이 작성한 설교문이 담임목사 조정인의 입에 의해 선포되는 순간 "제국의 야만에 의해 땅의 전체, 인간 삶의 터전이 재앙의 화마에 휩싸여버린 예루살렘"의 환상에 압도당하며 고통스러워한다. 제국의 야만에 의해 재앙의 화마에 휩싸인 예루살렘, 바로 이것이 『망루』가 그려내고 있는 서울의 오늘이다.

아쉬운 점은, 선과 악, 순결과 타락, 예수와 악마 등으로 소설이 너무 이분법적 구도 아래 놓여 있고 인물의 형상화 역시 이런 이분법 아래 도식적으로 그려지고 있어 인간에 대한 이해가 다소 일면적으로 이루어지고 있다는 것이다. 특히 결말부에서 제시하고 있는 재림예수의 논리, 즉 '인간(의 악성)을 창조한 것은 신이므로 신은 오히려 인간을 심판할 수 없다. 심판의 칼은 결국 인간의 것이니 그 칼로 무력한 신을 찔러야만 이 저주와 비극의 구조가 붕괴되고 정의가 회복될 것'이라는 논리는 오랜 고뇌 끝에 얻은 결론치고는 다소 허탈하다 하지 않을 수 없다. 인간만이 인간을 심판하고 구원할 수 있다는 논리는 별반 새로울 것도 없거니와, 신을 죽임으로써 저 비극의 구조가 붕괴되고 정의가 회복될 것이라는 주장은 소설적으로도 별로 설득력을 얻지 못한다. 신에게 구원을 기대할 것이 아니라 인간이 스스로를 심판하고 구원을 쟁취해야 한다는 것은 지극히 소설적인 결론이지만, 저 재림예수는 마치 신을 죽이기만 하면 모든 것이 해결된다는 듯이 말하고 있어 이 소설은 다시 신에게 모든 책임을 전가시키고 있다는 느낌이 든다.

이 소설이 한철연을 이끌던 김윤서의 독단성과 폭력성이 결국에는 망루 화재를 야기한 것처럼 묘사하고 있는 것도, 현실과의 맥락을 고려할 때 다소 불편한 점이 없지 않다. 한경태나 김윤서가 아니라 정민우의 고충과 망설임, 그리고 그 변화에 초점을 맞추어 읽으면 이 소설을 좀 더 긍정적으로 해석할 수도 있을 것이다. 전도사 정민우는 힘없는 한 개인이 자신의 선한 의지에도 불구하고 어떻게 악한 구조를 지탱하는 밑돌이 되어가는지를 잘 보여준다. 그러한 구조에서 빠져나오는 것이 얼마나 어려운 일인가도 설득력 있게 그려낸다. 그러나 그는 한경태와 김윤서의 죽음을 겪으며 그 밑돌의 삶으로부터 자신을 돌려세운다. 저항이 다소 소극적이긴 하지만, 미래가 보장된 목사직을 내던져버린 그의 실존적 결단에는 숙연한 데가 있다. 문제는, 우리가 모두 이렇게 윤리적인 결단을 내릴 수 있을 것인가 하는 데 있다.

전자상가 사람들과 공감의 능력

황정은의 미덕은, 사람들을 극한으로 밀어붙이는 도시적 삶에 대해 날카로운 비판의식을 드러내면서도 인간과 인간이 이룩한 문명을 일면적으로만 파악하지 않고 마지막까지 인간에 대한 희망을 놓지 않는 것이다. 『百의 그림자』는 숲에서 시작해 섬에서 끝나는 이야기지만, 이 소설의 공간은 철거를 앞둔 도심의 전자상가와 그 주변이지 도시를 벗어난 자연 공간이 아니다. 도심 속 이야기가 더 많은 분량을 차지하고 있어서만은 아니다. 이 소설에 나오는 숲과 섬은, 한때의 나들이 장소는 될지언정 도시를 떠난 자들의 안식처는 아니기 때문이다. 숲에서

은교는 처음으로 자신의 그림자가 일어서는 경험을 하고(이 소설에서는 이렇게는 못 살겠다 싶게 힘들 때 사람들의 그림자가 일어서는데, 일어선 자신의 그림자를 따라가게 되면 대부분 죽고 만다), 무재와 함께 따뜻한 국물을 먹으러 간 섬에서도 결국 길을 잃고 헤맨다. 춥고 무섭고 어두운 곳.『百의 그림자』에서 자연은 도시와는 또 다른 공포의 공간이다. 장엄한 자연경관에 잠시 위로를 받기는 하지만, 이들을 진정으로 위로해주는 것은 언제나 자연이 아니라 사람이다.

그러므로 이들은 도시 밖의 다른 어떤 공간을 욕망하는 것이 아니라 자신들의 삶의 터전인 서울로 되돌아온다. 분명 다른 삶을 꿈꾸지만 그 삶의 공간을 도시 밖의 이상적 공간으로 제시하지 않는다는 점에서 이 소설은 철저히 21세기적 도시소설이라 할 만하다. 지금은 퇴락해 역사의 뒤편으로 사라질 운명에 처했으나, 이 소설의 핵심 공간인 '전자상가'라는 건물 자체가 철저히 근대-도시의 산물이다. 그런데 이 소설에서는 전자제품이나 기계들이 차가운 근대의 산물로 묘사되지 않는다. 자연이 이상적 공간으로 예찬되지 않는 것처럼 기계문명이 인간성을 파괴하는 대상으로 그려지지도 않는 것이다. 디지털시대를 선도하는 첨단의 제품들이 아니라, 수리실에 맡겨진, 낡고 사라져가는 구식 물건들이기 때문일까,『百의 그림자』의 저 고철덩어리들에는 마치 사람에게서나 풍길 법한 기이한 온기가 있다. 무재의 화분에 심겨진 칩들, 은교가 선물 받은 플라스틱 떡잎 화분, 1만 5000원을 주고 산 무재의 낡은 자동차, 오무사 할아버지가 하나씩 더 끼워주는 작은 전구들……. 이 소설에서는 전자상가를 밀어내고 인공적으로 조성된 녹

1968년 국내 최초 주상복합 건물로 완공된 세운전자상가. 2008년, 서울시의 대규모 녹지
축 조성사업으로 철거 위기에 놓였으나, 서울시는 1300억 원을 들여 한 바퀴 도는 데 1분
30초밖에 걸리지 않는 소규모 공원 하나를 만들었을 뿐이다. 사업인가는 2년째 보류 중,
그동안 세운상가의 상권만 죽었다.

지 공원보다 오히려 이런 기계와 공산품들이 사람들과 더 가까이 있으
면서 삶의 온기를 나누어 준다.

도시 밖의 삶을 꿈꾸지 않는다고 해서 이 소설의 상상력이 도시적
삶 안에만 갇혀 있다는 의미는 아니다. 이 작가가 그려내고 있는 오무
사 할아버지의 인간적인 배려나, 모든 존재에게 고유한 무게와 속도,
공간과 시간에 대한 기억을 존중하는 은교와 무재의 조용하고 느린 사
랑은 '시끄럽고 분주하고 의미도 없이 빠른 데다 여러모로 사나운' 대

도시 서울에 대한 비판을 함축한다. 그리하여 이들은 언어가 갖는 폭력적인 동일화에 예민하게 반응하고, 제 안의 허무를 응시하는 데 머무르지 않고 "뒷집에 홀로 사는 할머니가 종이 박스를 줍는 일로 먹고 산다는 것은 애초부터 자연스러운 일일까" 하는 질문까지 나아간다. 이 소설이 보여주는 이러한 삶의 태도와 질문들은 도시 밖이 아니라 도시 공간 안에서 실천되는 것이기에 더욱 큰 울림이 있다. 도시적 삶에 철저하게 저항하고자 했으나 결국에는 그 안에 갇혀버린 자신을 발견할 수밖에 없었던 『풀이 눕는다』의 '나'와는 달리, 도시에 살고 있으면서도 이들은 도시적 삶 안에 갇히지 않는다. 그리고 그것은 이 소설의 인물들이 보여주는 '공감의 능력'과 깊은 관계가 있다.

　삶의 오랜 터전은 철거를 앞두고 있고, 사람들 역시 온통 그림자가 일어설 수밖에 없는 극한상황으로 내몰려, 각자는 모두 "한 치 앞도 보이지 않는 어둠 속에서" 잠도 들지 못하고 단독자로 서 있는 것만 같은데, 이 소설은 그런 그들 옆에 반드시 누군가를 함께 세워둔다. 은교는 집단따돌림과 폭력에 시달리다가 열일곱에 학교를 그만뒀고, 아홉 식구가 커다란 방 하나에서 살았던 무재는 아버지가 돌아가신 후에도 여전히 "빚을 갚기 위해 빚을 지고, 빚의 이자를 갚기 위해 또 다른 빚을 지고, 전심전력으로, 그 틈에 점점 불어나는 먹고사는 비용의 빚을 져가는 일의 연속"을 살고 있지만, "어두운 것이 되면 이미 어두우니까, 어두운 것을 어둡다고 생각하거나, 무섭다고 생각하는 일은 없지 않을까, 아예 그렇지 않을까, 어둡고 무심한 것이 되면 어떨까, 그렇게 되고 나면 그것은 뭘까, 뭐라고 부를 수 있을까, 아 모르겠다, 모르겠어, 모르도록 어두워지자, 이참에, 라고 생각하며 눈을 뜨는데 전화벨이 울렸다"라는 식으로 말이다.

은교와 무재만이 아니다. 10여 년째 2000원만 빌려달라며 수리실을 드나드는 유곤 씨를 보고, 어떤 사람은 "저런 자에게 뭘 돈을 주느냐"고 말하기도 하지만 여 씨 아저씨는 오히려 그렇게 말하는 사람을 경계하며 유곤 씨를 반긴다. 그는 유곤 씨가 돈을 얻으러 왔다고 생각하는 것이 아니라 외로워서 들른 거라고 여기기 때문이다. 이 소설에 나오는 사람들은 모두 이렇게 외롭고 힘든 사람들뿐이지만, 이 외롭고 힘든 사람들이 서로를 위로하고 격려하며, 그림자가 일어서더라도 따라가지 않도록 서로의 손을 잡아준다. 인간에 대한 이러한 사랑은 그대로 인간이 깃들어 있는 공간과 사물에 대한 사랑으로 이어진다. "나는 도심에 있는 전자상가에서 일하고 있었다. 가동과 나동과 다동과 라동과 마동으로 구별되는 상가는 본래 분리되어 있었던 다섯 개의 건물이었으나 사십여 년이 흐르는 동안 여기저기 개축되어서 어디가 어떻게 연결되었는지 얼핏 봐서는 알 수 없는 구조로 연결되어 있었다. 무재 씨와 나는 그 건물 속에서 만났다." 가동, 나동, 다동, 라동, 마동. 이토록 성의 없이 붙여진 이름의 건물들이 소중하게 여겨지는 것은 그 건물에 쌓인 세월의 무게와 오랜 세월 그곳에 터 잡고 생활하고 있는 사람들의 기억 때문일 것이다. 철거를 앞둔 전자상가에 대해 이야기를 하고 있지만, 이 소설의 목소리는 높지 않다. 우리를 극한으로 몰아붙이는 이 도시의 메커니즘에 직접적으로 저항하는 방식이 아니라, 이 도시의 논리와는 다른 삶의 가치를 아끼고 사랑하는 방식으로 이 소설은 우리의 삶을 응원하고 있기 때문이다.

대도시와 정신적 삶

그러나 사랑하는 사람이 곁에 있어도, 끝끝내 그림자는 일어서고야
만다. 누군가는 여전히 집단따돌림을 당하고, 누군가는 여전히 필연적
으로 빚을 지고, 전자상가는 결국 철거된다. 당장 철거되는 것은 다섯
개의 건물 중 가동 하나뿐인데도, 기사 제목은 일률적으로 전자상가
철거로 마치 상가 전체가 사라지고 말았다는 듯 구성된다. 세상은 "이
미 죽어가고 있는 놈더러 자꾸 죽어라, 죽어라" 할 뿐, 축제가 벌어지
는 녹지 공원 뒤쪽에 장막에 가려진 채 여전히 장사를 하고 있는 사람
들이 있다는 것을 기억하지 않는다. 정부는 첫 삽을 보란 듯이 뜨고 난
뒤에 삽자루를 슬쩍 민간에 떠넘긴다. "민간이라면 돈", "돈이라 무서
운" 재개발이 그렇게 진행될 것이다. 이것은 나의 비관적인 현실인식
이 아니라 황정은이 정확하게 묘파한 서울의 오늘이다. 그래서 더욱
"요즘도 이따금 일어서곤 하는데, 나는 그림자 같은 건 아무것도 아니
라고 생각하는 거야. 저런 건 아무것도 아니다, 하고 생각하니까 견딜
만해서 말이야. 그게 실은 아무것도 아닌 것은 아니지만 아무것도 아
니라고 생각하니까 가끔은 아무것도 아닌 것 같고, 시간이 좀 지나고
보니 그게 정말 아무것도 아닌 것이 맞는 것 같고 말이지" 식의 사고
방식은 너무 소극적이고 안이하다는 생각이 드는 것이다. 스스로도 인
정하듯이, "아무것도 아니지만 어느 순간 아무것도 아닌 것이 아닌 게

되어버리면 그때는 끝장"이기 때문이다.

> 따라오는구나, 하고 생각했다. 따라오는 그림자 같은 것은 전
> 혀 무섭지 않았다. 완만한 고개에 올라서자 멀리 떨어진 곳에 가
> 로등이 보였다. 세 개의 가로등이 또 다른 모퉁이를 향해 점점이
> 이어지고 있었다. 그리로 내려갔다. 불빛의 조그만 언저리 바깥
> 은 대부분 어둠에 잠겨서, 공중에 떠 있는 길을 둥실둥실 가는 듯
> 했다. 귀신일까요, 우리는, 귀신일지도 모르죠, 이 밤에, 또 다른
> 귀신을 만나고자 하는 귀신, 하고 말을 나누며 탁하게 번진 달의
> 밑을 걸었다.
>
> 어둠에 잠겼다가 불빛에 드러났다가 하며 천천히 걷고 있었다.
> 은교 씨. / 하고 무재 씨가 말했다. // 노래할까요.
>
> — 황정은, 『百의 그림자』, 민음사, 2010, 168~169쪽.

『百의 그림자』의 마지막 장면이다. "귀신일까요" "귀신일지도 모르
죠". 하지만 황정은은, 우리는 "또 다른 귀신을 만나고자 하는 귀신"이
므로 그림자 같은 것은 이제 무섭지 않다고 말하려는 듯하다. 슬프면
서도 마음이 따뜻하게 차오르는 결말이다. 그런데 이 슬픔은 뭔가. 표
면적으로 드러나는 낙관과 달리, 이 소설의 배면에는 지독한 비관과
슬픔이 서려 있다. 지금은 따라오지만, 그림자는 또 일어설지도 모른
다. 이 소설에서, 아니 현대 도시인의 삶에서 그것은 존재의 조건과도
같다. 그리고 그 순간, 우리는 고독하게 혼자일 수도 있다. 매 순간이

위태롭다. 말하자면, 우리는 이미 귀신인 채 살아가고 있는 것이다. 하지만 황정은은 우리의 삶이 계속 어둠에만 잠겨 있는 것만이 아니라 "어둠에 잠겼다가 불빛에 드러났다가" 하며 천천히 걷는 거라고 말한다. "불빛의 조그만 언저리 바깥은 대부분 어둠에 잠겨서" 길도 잘 보이지 않지만, "또 다른 귀신을 만나고자 하는" 한, 우리는 계속 길을 걸어갈 것이다. 불을 밝혀주는 것도 귀신, 손을 잡아주는 것도 귀신, 당장 곁에 없다 하더라도 서로에 대한 믿음과 사랑이 서로를 지탱해줄 수도 있을 것이다. 이름 하야 '귀신들의 공동체' 라 불러봄직도 하다. 웃자는 소리다.

하지만 우리가 정말 문제 삼아야 할 것은 일어서는 그림자 따위가 아니라 그림자가 일어설 수밖에 없도록 만드는 이 도시의 생리가 아닌가. 무재와 은교는 분명 이 세계에 대한 비판적 시선을 확보하고 있고, 사라져가는 저 전자상가의 사람들은 약소자의 어떤 윤리적 감각을 구현하고 있다. 장막에 가려진 전자상가 사람들의 삶과 그들이 아직 품고 있는 저 삶의 가치들을 조곤조곤 우리에게 전해주고 있는 것만으로 『百의 그림자』는 분명히 소중한 작품이다. 그러나 도시적 삶의 욕망을 거스르는 것처럼 보이는 저 인간적인 배려와 관심은, 이 세계를 변화시키기보다 자칫 이 세계를 그냥 견디도록 만드는 수동적인 힘이 될 수도 있다는 것을 지적하지 않을 수 없다. 인간적인 배려와 관심 자체가 문제라는 것은 아니다. 그것이 개인의 각성과 윤리 차원에만 머물고 있는 것이 문제이다. 인생은 원래 허망하다고 생각했던 무재는, 종이 박스를 좀 더 차지하려고 싸우다가 분하고 원통해 죽어버린 할머니를 본 뒤, "살다가 그러한 죽음을 맞이한다는 것은 오로지 개인의 사정인 걸까" "너무 숱한 것일 뿐, 그게 그다지 자연스럽지 않은 일이었다고 하면, 본래 허망하다고 하는 것보다 더욱 허망한 일이 아니었을까" 하는 의심에 이른다. 그러나 이 소설은 여기서 더 나아가지는 않는다. 그저 여기까지가, 그러니까 어쩌면 이 한계까지가 작가가 그리고 싶었던 우리의 모습일는지도 모른다.

말하자면 『百의 그림자』는 전자상가 사람들의 남다른 '공감의 능력'을 보여주면서 도시 안에서 도시 밖을 살아갈 수 있는 삶의 어떤 가능성들을 보여주는 동시에, 그런 공감의 능력을 가진 사람들이 결국 이 도시에서 살아남지 못하고 내몰리는 현실까지도 함께 보여준다. 이 시적이고 몽환적인 소설에 '현실적'이라는 수식어를 덧붙일 수밖에 없는 것은 그래서이다. 하지만 이 소설에서 어떤 대안을 찾을 수 없는 것 역시 그 때문이다. 대안, 어쩌면 그것은 단지 불확정성을 견뎌내지 못하는 나의 조급함일 수도 있고, 매 순간 그 불확정성과 싸울 수밖에 없는 것이 현대 도시인의 삶이라는 것을 인정하고 싶지 않은, 그래서 그냥 모든 책임을 작가에게 떠넘기고자 하는, 가장 윤리적인 얼굴 아래 가장 비윤리적인 욕망을 감춘 폭력적인 요구일지도 모르겠다. 하지만 작가는 그것까지도 견뎌내는 힘을 가진 사람들이라고 믿는다. 아무래도 나는, 이 소설에 나오는 전자상가가 가장 현대적이고 도시적인 공간이 아니라, 대도시 한가운데 섬처럼 떠 있는 작은 마을 같은 것이었을지도 모르겠다는 생각이 든다. 30여 년간 한자리에서 같은 일을 하고 있는 사람들이 모여 있는 곳이라면 그럴 법도 하지 않은가. 하지만 지금 서울에서 살아가는 사람들의 터전은 대부분 그런 곳이 아니다. 대도시적 삶을 거스르는 공간, 그런 곳은 대개 철거가 진행 중이기도 하겠지만, 서울은 본질적으로 사람들이 한 곳에 오래 정착할 수 있는 곳이 아니라 이런저런 이유로 자꾸만 이동해야 하는 곳이기 때문이다.

게오르그 짐멜은 「대도시와 정신적 삶」에서 화폐경제의 본거지인 대도시의 사회경제적—문화적 구조는 인격의 무차별화를 강화할 뿐만 아니라 인간의 심리 상태까지 둔감하게 만든다고 지적한 바 있다. 대도시에서는 온갖 자극이 끊임없이, 급속도로 바뀌기 때문에 신경과민이 개인의 전형적인 심리 상태가 되는데, 신경이 이렇게 혹사당하다 보면 결국 새로운 자극에 대해 합당한 에너지를 가지고 반응하는 능력이 없어지게 된다는 것이다. 이러한 무능력이 바로 대도시인들의 둔감함이다. 사물들의 차이들이 지닌 의미나 가치, 나아가 사물 자체를 공허한 것으로 받아들이는 대도시인들의 저 둔감함과 무기력은 그러나 대도시에서 살아가기 위해서는 반드시 갖추어야 하는 일종의 능력이기도 하다. 대도시가 야기한 소외와 폭력으로부터 스스로를 방어하기 위한, 말하자면 일종의 자구책이었던 것이 또 다른 소외와 폭력을 양산하고 있는 것, 이것이 우리의 현실이고 딜레마이다. 둔감함을 예민함으로 바꾸고 고통에 대한 공감의 능력을 키우는 것, 하여 인간들의 관계가 서로에게 폭력이 되지 않고 따뜻한 힘이 되기 위해서는, 그러므로 개인의 윤리나 각성만이 아니라 이 대도시의 구조 자체를 변모시킬 수 있는 어떤 동력이 필요하지 않겠는가.

국가와 법에 대한 도전, 그리고 새로운 사랑의 연대

마지막으로, 손아람이라는 신진작가가 펴낸 『소수의견』이라는 소설을 한 편 더 읽어보자. 철거민들의 투쟁 현장에 보다 밀착해 있는 주원규의 『망루』에서는 이들의 목숨을 앗아간 끔찍한 망루 화재 사건이 소설의 결말 부분에서 다뤄지고 있지만, 손아람의 『소수의견』은 바로 그 지점에서 시작하는 소설이다. 이 소설이 문제 삼고 있는 것은 도심재개발과 강제철거, 그리고 그를 둘러싸고 벌어지는 온갖 불법과 비리만이 아니라 그런 일들이 수십 년간 반복되어올 수 있었던 우리 사회의 구조, 그 근간을 이루고 있는 법 자체이기 때문이다. 그리고 이 질문은 자연히 '국가란 무엇인가'라는 질문으로 이어진다. 여섯 사람의 죽음이 있었고, 거기엔 재개발을 둘러싼 우리 사회의 온갖 모순들이 중층적으로 얽혀 있어서 '법'에 대한 근본적인 문제 제기가 크게 부각되지는 못했다. 하지만 이후 전개된 법정 공방은, 그 과정과 결과 모두 국가와 법에 대해 질문하지 않을 수 없도록 만들었다. 그런 측면에서, 철거민 당사자가 아니라 변호사를 소설의 화자로 삼고 있는 이 법정소설이 어쩌면 용산참사를 가장 잘 소설화한 작품일 수도 있다는 생각이 든다.

『소수의견』에서는 아현동 뉴타운 망루 화재로 두 명의 사람이 죽는다. 철거민 박재호의 아들 박신우와 전경 김희택. 이 사망 사건으로 박재호와 철거용역업체 직원 김수만이 검찰에 의해 기소된다. 공소사실은 다음과 같다. "피고인1 박재호는 아현동 뉴타운 재개발 사업 대지를

용산참사 사건 공판에서 변호를 맡은 변호사가 수사기록 공개 촉구 기자회견 직후 연행되고 있다.

불법 점거했다. 또한 피고인1 박재호는 경찰의 진압작전에 물리적으로 저항하는 와중에 진압경찰 1인을 폭행하여 사망에 이르게 했다. 피고인2 김수만은 철거용역업체의 직원으로, 현장을 불법 점거하던 피고인1 박재호의 아들 박신우를 폭행했고 사망에 이르게 했다." 검사는 어떤 문장 사이에도 인과관계를 설정하지 않지만, 박재호의 주장은 이와 다르다. '아들 박신우를 죽인 것은 철거용역업체 직원이 아니라 진압경찰이며, 자신이 진압경찰을 폭행한 것은 그들에게 구타당하고 있던 아들을 구하기 위해서이다. 그 과정에서 전경 김희택을 사망케 했으나 이는 고의에 의한 것이 아니라 아들을 구하다가 일어난 사고이다.'

"한쪽에는 엄연한 사실이 있고, 다른 한쪽에는 엄연한 사법 형식이 있다" 그렇다면 문제는 이 사법 형식 안에서 어떻게 저 사실의 인과관계를 증명해내는가, 하는 것일까. 『소수의견』은 실제로 지면의 상당 부분을 이를 위해 할애한다. 손에 땀을 쥐게 하는 치열한 법정 공방뿐 아니라 그 법정 싸움을 준비하는 과정들 역시 매우 실감나게 펼쳐지고 있어, 작가가 이 소설에 기울인 공력이 어느 정도인지 짐작할 수 있다. 이 소설의 놀라운 흡인력 역시 많은 부분은 여기에서 나온다. 그러나 『소수의견』은 정의롭지 못한 권력집단과 맞서 싸우는 의로운 한 개인의 이야기도, 결국 정의가 승리하는 감동적인 결말로 막을 내리는 가슴 후련한 법정 스릴러도 아니다. 대부분의 법정소설은 법의 중립성을 전제하고 법 안에서의 싸움을 보여주지만, 이 소설은 법의 편파성과 비윤리성을 고발하면서 법 그 자체에 싸움을 걸고 있기 때문이다.

『소수의견』이 철거민 박재호 사건이 아니라 조직폭력배의 두목 조구환 사건으로 첫 장을 시작하고 있는 것도 이를 위해서이다. 살인교사 혐의로 기소된 조구환의 변호를 맡은 윤변은, 살인교사는 인정하되 그 시기만 몇 년 앞당겨 주장하는 전략을 세움으로써 결국 공소시효 만료로 그가 면소처분 받도록 해준다. 이 사건은, 재판에서 중요한 것은 정의가 아니라 합법성이며, 그 합법성은 얼마든지 조작 가능하다는 것을 보여줌으로써 우리에게 법 자체를 의심하게 만든다. 윤변이 조구환을 변호한 것이 박재호를 변호하기 이전이 아니라 잠시 박재호 사건에서 손을 떼고 있을 때라는 것도 유념할 필요가 있다. 그는 돈이 필요했고, '변호사는 어떤 가치판단도 하지 말고 한쪽의 입장을 대변해야 한다' 는 비극을 받아들인다. 박재호를 살인 혐의로 기소해놓고 경찰에게는 무죄를 구형한 저 파렴치한 검사들처럼, 즉 그들과 싸우며 그들에게 배운 대로, 그는 추악한 계략을 짬으로써 재판에서 이긴다. 실망해야 하는가? 아니다. 이를 통해 이 소설은 변호사라는 직업 자체의 비윤리성을 드러냈을 뿐만 아니라, 인간과 세계에 대한 보다 깊은 이해와 함께 선악의 이분법적 구도에서 벗어난다. 작가의 이러한 태도는 철거 현장을 바라보는 윤변의 시선에서도 확인할 수 있다.

> 굴삭기의 시퍼런 기계음들이 음표처럼 땅과 하늘 사이의 철근 위에 기록된다. 기계들이 연주하는 그 음표들의 춤이 사람의 목소리를 몰아냈다. 아니다. 목소리. 현장의 인부들은 일을 하며 서로에게 끊임없이 욕설을 내뱉는다. 파괴와 창조. 한끝 차이의 개념들. 그것이 양립불가능의 의미이다. 인부들은 하나같이 허름하게 낡았다. 그들에게도 철거가 필요했다. 그들은 철거를 담당했다. 그들의 철거는 아무런 표정이 없었다. 이곳이 아닐 뿐이다. 어딘가에서 그들의 터전이 철거되었을지 누가 알겠는가.
> — 손아람, 『소수의견』, 들녘, 2010, 257쪽.

파괴와 창조가 실은 한끗 차이의 개념이라는 통찰은, 이 소설의 인물과 구도를 이해하는 중요한 준거점이다. 『소수의견』은, 철거민을 변호하는 변호사는 언제나 정의롭고, 국가를 위해 증거까지 조작하며 무소불위의 권력을 휘두르는 검사는 부패한 권력일 뿐이라는 식의 구도를 만들어내지 않는다. 직업에 따른 역할을 성실히 수행할 뿐, 이들은 한낱 인간일 뿐이다. 따라서 이 소설은 단순한 선과 악의 대결이 아니라 이들을 이러한 구도 속으로 몰아넣은 국가와 법 자체에 대한 질문에 보다 집중한다. 그렇다고 『소수의견』이 인간의 선한 의지를 부정하는 것은 아니다. 만약 그렇다면 이 소설은, 법과 국가라는 관념 뒤에 숨은 나약한 인간들의 자기변명에 불과할 것이다. 변호사나 검사라는 직업 자체가 윤리성을 담보하는 것은 아니라 해도, 우리는 그들의 비윤리성을 문제 삼을 수 있다. 변호사나 검사이기 이전에 그들 역시 인간이기 때문이다. 윤변이 끊임없이 "변호사들은 왜 변호사가 되었는가" 질문하는 이유 역시 거기에 있다. 그리고 이 질문 덕분에 그는 직업적인 타락 속에 깊이 빠져들지 않는다. 무엇보다 그에게는 그를 붙잡아주는 여러 명의 조력자가 있다.

경찰의 과잉진압으로 아들을 잃은 철거민 박재호가 국가에 의해 도리어 살인범으로 내몰리게 된 데에는 정치권력과 건설사 사이에 모종의 결탁이 있었기 때문이고, 따라서 이 싸움은 윤변과 홍재덕 검사의 법정 안 싸움에 머물지 않고 필연적으로 시민사회 대 국가권력의 싸움으로 확대된다. 특별히 부도덕하지도 않지만 특별히 더 정의롭다고 할 수도 없는, 가난한 집안 출신의 평범한 국선변호사였던 윤변은, 박재호 사건을 맡음으로써 시민단체와 기자, 야당의원과 여러 법조계 전문가들의 지지와 연대를 받게 된다. 이에 힘입어 국선변호사직을 사임한 뒤 국가에 배상을 청구하고 국민참여재판을 이끌어냄으로써 박재호 사건에 대한 사회적 관심을 환기시키는 데 성공한다. 이 소설이 의로운 한 개인의 이야기가 아니라고 말한 것은 이런 의미다.

『소수의견』은 한 명의 영웅이 아니라 여러 사람들의 협력과 연대가 만들어낸 선한 의지의 드라마이다. 윤변은 법을 믿었고 이를 통해 정의를 실현하려 했으나, 실제로 박재호가 살 길을 모색할 수 있었던 것은 윤변이 비판했던 언론과 시민단체의 도움 때문이었고, 정의의 편에 선 것 역시 똑똑한 소수의 재판관들이 아니라 일반인들로 구성된 다수의 배심원들이다. 그렇다고 그 배심원들이 특별한 윤리적 감각을 가진 것도 아니다. 손아람은 "이 법정에서 자신만이 정의롭고, 자신만이 솔직하고, 자신만이 실천주의자라고 공표하는" 4번 배심원의 "그 으스대는 얼굴"을 놓치지 않는다. 그 오만한 정의감이 일을 어떻게 망쳐놓았는지에 대해서도. 그러나 각자는 완벽하지도 온전히 선하지도 않지만 이들의 연대와 협력은 선을 만들어낸다.

서울의 한계, 서울의 가능성

소설에서 윤변은 결국 승리하지 못한다. 아홉 명의 배심원들은 "박재호의 특수공무집행방해치사에 대한 정당방위 성립을 인정"하여 그의 처벌을 면하기로 평결하지만, 재판부의 판결은 배심의 평결에 구속되지 않는다. 하여 단 한 명의 재판장이 아홉 명의 평결을 뒤집는다. 소수의견이 다수의견이 되고, 다수의견이 소수의견이 된 것이다. 이것이 법의 맨 얼굴이다. 정의를 위한 것도, 대다수 국민을 위한 것도 아니라 다만 힘 있는 소수의 의견에 정당성을 실어주기 위한 형식적 절차다. 그러나 이러한 법의 맨 얼굴을 드러냈다는 점에서, 이 소설의 싸움은 역설적인 승리를 거두었다고 볼 수 있다. "자연법과 일치하지 않는 인정법이 있다면, 그것은 올바른 이성과도 일치하지 않는다. 이때 법은 더 이상 법이 아니라 법의 타락이다."(토마스 아퀴나스, 「신학대전」) "정의가 없는 국가가 거대한 강도집단이 아니고 무엇인가?"(아우렐리우스 아우구스티누스, 「신국론」). 작가가 소설에 인용한 이 문장들은 그대로 이 소설이 지금 우리 사회에 던지는 질문이다.

체제는 견고하다. "나는 국가에 그런 식으로 복종하지 않아. 내가 국가에 복종하는 방식은 더 깊은 곳에서부터 작용하지. 나한테 이 나라는 종교일세. 다시 말하지만 어떤 외압도 없었어. 모든 판단은 내가 내렸네"라는 홍재덕 검사의 말에서 알 수 있듯이 국가라는 종교와 법이라는 형식은 결코 쉽게 무너지지 않을 것이다. 실제 '용산 사건' 재판에서는 국민참여 재판은커녕 일반인들의 방청마저도 강하게 통제당했다. 아버지가 망루에서 돌아가셨는데, 그 아들이 도시의 테러리스트로 몰려 실형을 받고 수감되었다. 더 이상 상고도 할 수 없는 대법원의 판결이다. 『소수의견』도 결코 해피엔딩은 아니었지만, 우리의 현실은 그보다 더 참담하다. 그렇다면 이러한 현실에서 우리는 어떻게 문학적인 승리만이 아닌 실질적인 승리를 쟁취할 수 있을 것인가. 이 도시를 떠나는 것, 혹은 이 국가를 버리는 것, 아니면 법 자체를 거부하는 것? 전혀 불가능한 것은 아니지만, 그것이 보편적인 선택이 될 수 없다는 것은 우리 모두 알고 있다. 우리는 체제 내 존재이고, 그것을 부정할 수는 없다. 하지만 그렇다고 우리 앞에 종말만이 놓여 있는 것은 아니다.

근대, 자본주의, 국가, 법, 그리고 서울. 말을 하다 보니, 너무 거창한 말들이 많이 튀어나왔다. 우리가 싸움을 시작하기도 전에 패배하는 것은, 그 싸움을 너무 거창하게 생각하고 지레 겁을 먹기 때문인데 말이다. 적이 너무 크고 힘이 세다거나, 아무리 싸워도 끝이 없을 거라거나, 그러니까 결국 아무것도 바꾸지 못한 채 나만 상처받고 쓰러질 거라는 식으로 생각하게 되니까. 그러나 모든 싸움이 그렇게 거창하게, 추상적으로 전개되는 것은 아니다. 아이가 한 발 한 발 나아가듯이, 우리 내부의 작은 변화로부터 그 싸움은 시작될 수도 있다. 이 도시의 구조를 근본적으로 바꿀 수 있는 어떤 동력이 필요하다고 말했지만, 그리고 문학이 그 자체로 우리 사회의 구조를 바꾸는 직접적인 동력이 되지 못한다는 것도 분명하지만, 앞서 살펴보았듯이 문학이야말로 이 부조리한 사회에 대한 질문을 자기 존재의 조건으로 삼고 있는 예술이다. 근대를 시간과 공간을 지배하고자 하는 인간의 어떤 태도와 관련된 것이라고 말할 수 있다면, 문학은 철저히 근대의 아들딸이면서도 끊임없이 그 아버지에게 대드는 문제아, 시간과 공간을 전혀 다른 방식으로 기억하고 노래하고 상상하는 근대의 유령들인 것이다. 문학 하기, 말하자면 그것은 대도시가 우리에게 강요하는 저 둔감함을 민감하게 벼리고자 하는 실천들이다.

그 실천 가운데에서 누군가는 체제와 제도 속에 있으나 체제와 제도에 갇히지 않는 다른 삶의 방식들을 발명해내고, 법 안에 있으나 "추상화된 갑을관계의 일면"이 아니라 법이 관심을 가지지 않는 "살아 있는 인간"에 대한 사랑을 회복한다. 그리고 이러한 변화는 이미 그 안에 저 체제와 제도, 구조 자체에 대한 의심과 저항을 내포하는 것이다. 『소수의견』은 정의의 반대는 불의가 아니라 무지라는 것을 강조한다. 『百의 그림자』 역시 사람들마다 가마가 있지만 그 가마가 모두 똑같은 것은 아니라고, 각각의 다름을 아는 것이 중요하다고 말한다. 앎이 곧 정의가 되는 것은 아니지만, 정확하게 알고 그 차이를 인지하는 것은 도시의 이 폭력적인 동일화에 순응하지 않으며 그 이면에 감추어진 진실을 바라볼 수 있는 힘이 될 수 있다. 이 힘들이 모이면, 우리는 어쩌면 '대도시의 삶이란 원래 그런 거'라고 말할 수 없도록 우리 사회의 구조 자체에 균열을 가져올 수도 있을 것이다. 그런데 어떻게 개인의 윤리나 각성에만 머물지 않고 이 힘들을 모을 것인가.

어쩌면 우리는 그 힌트를 『소수의견』에서 찾을 수 있을지도 모르겠다. 용산 사건을 다루고 있긴 하지만, 『소수의견』은 철거민들의 삶이나 그들의 생활 현장보다는 법정 공방에 보다 집중하면서 '국가'와 '법'이라는, 그 실체를 정확히 만질 수 없는 것들에 대해 이야기하고 있기 때문에, 서울이라는 도시 공간에 대해서는 그다지 심도 깊은 문제의식을 드러내지 않는다고 여겨질 수 있다. 하지만 이 소설에서 서울은 참사가 발생한 장소일 뿐만 아니라, 국가권력의 핵심이라 할 수 있는 입법부(국회), 사법부(법원), 행정부(정부)가 모두 모여 있는 곳이며, 주요 언론사, 기업, 대학들까지 집중되어 있는, 그야말로 '서울공화국'의 진면목을 드러내는 공간으로 나타난다. 만약 이 사건이 서울이 아닌 시골의 어느 소읍에서 일어났다면 어땠을까. 물론, 그런 곳에서는 애초에 그런 사건 자체가 일어날 리 없다. 하지만 만약 그랬다면,

대도시에는 '광장'이 있다. 서울의 활력과 가능성은 높이 솟은 빌딩과 화려한 백화점이 아니라, 작은 공동체들이 모여 이룬 저 드넓은 광장에 있을 것이다.

이 사건에 그토록 많은 사람들이 함께할 수 있지도 않았을 것이다. 서울이기 때문에 일어난 사건이기도 하지만, 중앙신문의 기자가 협력하고, 야당의 거물급 국회의원이 관여하며, 서울대학의 법학교수들과 학생들이 동참하고, 시민단체가 적극적으로 개입하면서 결국 국민적 여론을 환기할 수 있었던 것 역시 그것이 서울에서 일어난 일이기 때문인 것이다. 온갖 기관과 사람들이 모여 있고 욕망들이 충돌하며 매 순간 사건·사고를 일으키지만, 서울이라는 대도시가 갖고 있는 이 한계는 동시에 새로운 가능성이 될 수도 있는 것 아니겠는가.

꽤 오래 전에 쓴 글이긴 하지만, 문학평론가 남진우는 「도시 입성과

도시 탈출」이라는 글에서 신학자 하비 콕스를 빌려 다음과 같이 말한 적이 있다. "관습과 영역의 협소함 때문에 부득이 맺어질 수밖에 없는 재래의 농경 사회적 인간관계가 아닌, 공동 관심과 자발적 선택에 의한 자유스러운 친교가 도시에서는 가능하다는 것. 물론 이러한 상태가 자칫 소외 현상이라는 암을 유발할 우려가 있음은 사실이다. 그러나 그러한 한계를 극복함으로써만이 우리는 인간관계의 진보와 '세속화의 성숙'을 기할 수 있다" 그렇다. 대도시는 우리에게 둔감함을 강요하면서 서로를 소외시키는 곳이지만, '공동 관심과 자발적 선택에 의한 자유스러운 친교가 가능한 곳'이기도 하다. 『소수의견』이 보여주고 있는 여러 사람들의 협력과 연대는, 착한 사람들의 선한 의지만이 아니라 다소 부도덕한 이들의 각종 이해관계와 동상이몽들이 얽혀들어 가능했던 측면도 있다. 하지만 그것들도 '공동 관심과 자발적 선택에 의한 자유스러운 친교'로 수렴된다. 관심이 바뀌면 이 친교는 언제든 해체될 수 있고, 오래 지속되지 못할 수도 있다. 하지만 대도시에는 사람이 많으니까 또 다른 사람들이 또다시 모일 수도 있지 않겠는가. 자발적인 만남이라면 책임감이나 죄책감보다는 즐거움과 활력이 더 많을 테고, 그것은 이 만남을 전혀 새로운 공동체로 키워줄 수도 있을 것이다. 『소수의견』이 보여주듯이 이들 각자는 온전히 선하지 않지만, 이들의 만남과 연대는 서로를 성장시키는 동력으로 작동하면서 개인의 한계를 극복하게 하고 어쩌면 점차 역사의 방향을 돌려놓을 수도 있을 것이다. 그러고 보니 잠깐 잊고 있었다. 대도시에는 언제나 '광장'이 있다는 사실을. 광장이 광장일 수 있는 것은, 그 광장에 사람들이 가득 들어찰 때이다. 서울의 활력과 가능성은 높이 솟은 빌딩과 화려한 백화점이 아니라, 저 작은 공동체들이 모여 이룬 저 드넓은 광장에 있을 것이다. 우리가 꿈꾸는 문학 역시 바로 이런 것이 아닐까.

역사의 역사

— 김승옥과 프루스트적 웃음

• 조효원 •

낡아빠진 이 세상에, 모든 것이 몰락하는 이 세상에,

그런 세상보다 더 완전하고 강하게 파괴되는 어떤 것이 존재한다.

그것은 바로 슬픔이다.

— 마르셀 프루스트

1.

무엇이 바뀌었을까?

아무것도.

다시 한 번, 무엇이 바뀌었을까?

모든 것이!

2.

세상보다 더 완전하고 강하게, 슬픔을 파괴하는 것은 무엇일까? 그것은 웃음이다. 그리고 웃음이 슬픔을 파괴하는 장면은 근대에 고유한 것이다. 그런데 웃음은 어떻게 슬픔을 파괴하는 것일까? 슬픔의 긴장을 돌연 허물어버림으로써. 19세기 프랑스의 철학자는 말한다. "삶이나 사회가 우리들 각자에게 요구하는 것은 현재 상황의 우여곡절을 분간하는 끊임없이 각성된 주의, 나아가서 그러한 우여곡절에 적응하게끔 하는 신체와 정신의 유연성이다. 긴장과 유연성, 이것이야말로 삶을 가능케 하는 상보적인 두 힘이다."❶ 그리고 "웃음은 그것이 일으키는 불안감으로 여러 종류의 중심 이탈 작용을 제어하고, 자칫하면 유리되고 마비되기 쉬운 자잘한 우리의 일상적 행동들을 끊임없이 각성시켜 서로 조화를 이루도록 하는 것이니, 이것은 결국 기계적인 경직

____

❶ 앙리 베르그손, 김진성 옮김, 『웃음─희극의 의미에 관한 시론』, 종로서적, 1991(1983), 13쪽.

성으로서 사회 질서의 표층에 남아 있는 모든 것을 유순케 하는 것이다. 따라서 웃음은 순수 미학의 소산이 아닌 바, 그 이유는 웃음은 넓은 의미에 있어서의 개선이라고 하는 유용성을 추구하고 있기 때문이다(이러한 추구는 무의식적으로, 그리고 많은 구체적 경우에 있어서 부도덕적인 방식으로 이루어진다)."[2] 이것은 베르그손이 생각한 웃음이다. 그의 웃음은 사회를 개선하는 방향으로 나아가면서 강박적 슬픔을 해체한다. 그러나 이것은 어디까지나 가상적 해체에 지나지 않는다. 베르그손의 웃음은 세계 비참의 표면을 건드릴 뿐, 결코 그 내면으로 침투하지 못한다.

3.

웃음으로 슬픔을 해체하는 것은 종말을 연습하는 것이다. 따라서 가장 깊은 차원에서 고찰하자면, 근대는 오직 종말로서만 존립할 수 있다. 여기서 **해체되는 슬픔**은 기계적인 경직성으로 마비된 것이 아니라, 사물 세계의 무언성(無言性)을 직접적으로 증거하는 슬픔이다. 마찬가지로 여기서 **해체하는 웃음**은 유용성을 추구함으로써 사회를 바꾸려는 지향을 가진 웃음이 아니라, 모든 것을 바꾸는 동시에 아무것도 바꾸지 않는 프루스트적 웃음이다. 프루스트는 "웃음 속에서 세계를 지양하는 것이 아니라 웃음 속에서 세계를 내팽개치고 있는 것이다. 이러한 웃음 속에서 세계가 산산조각 나는 위험에도 불구하고 그는 그 자신이 만든 이 조각들 앞에서 울음을 터뜨리는 것이다."[3] 그러나 위험에도 '불구하고'는 아닐 것이다. 오히려 그 위험 '덕분에' 그러할 것이다. 그리고 이 순간 웃음과 울음은 하나로 수렴되어 서로 구분되지 않는다. 다시 말해 프루스트에게서 웃음은 울음으로 변해가면서 스스로를 해체하는 것이다.

4.

프루스트적 웃음. 이것으로 세계는 바뀐다. 아니, 내팽개쳐진다.
프루스트적 오열. 이것으로 세계는 산산조각 난다. 모든 것이 바뀐다!

5.

김승옥 단편소설 「역사(力士)」는 세계를 내팽개친 프루스트의 웃음과 눈물을 가장 강력하게 압축해놓은 최상 등급의 캡슐과도 같다. 「역사」의 공간적 배경은 서울인데, 이 도시에는 두 개의 서로 다른 거주지, 두 개의 서로 다른 풍경, 그리고 두 개의 서로 다른 생활 방식이 존재한다. 이 소설은 이와 같은 대립쌍들 사이를 진자 운동하면서 전개되는 액자형 소설이다. 직접 목격한 그러나 꿈같은 일을 서술하는, 속이야기의 화자와 이 서술을 듣고 그대로 옮기는, 한결 현실감각에 충실한 또 다른 화자가 등장한다. 바로 이 두 번째 화자 덕분에 소설은 건조한 보고 형식을 획득하게 되지만, 그럼에도 불구하고 첫 번째 화자가 풀어놓는 이야기가 가진 강렬한 연극성(Theatralität) 때문에 이

---

❷ 같은 책, 14~15쪽.
❸ 발터 벤야민, 반성완 옮김, 『발터 벤야민의 문예이론』, 민음사, 1998, 108쪽.

형식은 그다지 견고한 상태를 유지하지 못한다. 그러나 이 소설에서 중요한 것은 형식에 대한 고찰이 아니다. 보다 본질적으로 중요한 점은 이것이다. 즉, 두 번째 화자는 첫 번째 화자의 이야기를 선뜻 믿지 못함에도 불구하고 그의 이야기로 인해 자신이 지금껏 안전하게 간직해온 현실감각을 상실할 위험에 처한다는 사실. 이 소설의 문(門)이 아래와 같은 두 번째 화자의 진술과 함께 닫힌다는 사실은, 이 작품이 피상적 형식의 차원에 집중하는 것이 아니라 그보다 더 깊은 차원에서 현실과의 긴장 관계 혹은 대결 관계를 구축함으로써 궁극적으로 모종의 파괴적인 실천을 지향하는 것임을 암시한다. "알 수 있는 것은 다만, 그 젊은이가 보았다는 두 가지 생활이 사실 바로 내 곁에 공존하고 있다고 하면 나도 좀 멍청해져버리지 않을 수 없으리라는 느낌뿐이었다."❹ 멍청해진다는 것, 이것은 프루스트적 웃음을 위한 필수조건이다.

6.

「역사」의 핵심 사건(혹은 장면)은 다음과 같은 것이다.

이윽고 서씨의 몸은 성벽의 저 너머로 사라져버렸다. 그리고 잠시 후에 나는 더욱 놀라운 광경을 보게 되었다. 서씨가 성벽 위에 몸을 나타내고 그리고 성벽을 이루고 있는 커다란 금고만한

---

❹ 김승옥, 『김승옥 소설전집1-무진기행』, 문학동네, 2010(1995), 112~113쪽. 이하 본문에 쪽수를 병기함.

돌덩이를 그의 한 손에 하나씩 집어서 번쩍 자기 머리 위로 치켜
올린 것이었다. 지렛대나 도르래를 사용하지 않고서는 혹은 여러
사람이 달라붙지 않고서는 들어올릴 수 없는 무게를 가진 돌을
그는 맨손으로 들어올린 것이었다. 그는 나에게 보라는 듯이 자
기가 들고 서 있는 돌을 여러 차례 흔들어 보이고 나서 방금 그
돌들이 있던 자리를 서로 바꾸어서 그 돌들을 곱게 내려놓았
다.(103쪽)

7.

무슨 일이 일어났는가? 아무 일도. 다시 한 번, 무슨 일이 일어났는
가? 우주적 사건이! 모든 것과 무(無)를 한꺼번에 뒤집어엎는 전대미
문의 사건이…….

8.

이 우주적 사건에 대한 해명을 첫 번째 화자의 입을 통해서 들어보
기로 하자. 이 지점에서 놓치지 말아야 할 사실은 그가 연극(학)을 전
공하는 학생이라는 점이다(이 사실이 중요한 까닭은 뒤에 가서 밝혀질
것이다).

대낮에 서씨가, 동대문의 바로 곁에 서서 행인들 중 누구 한 사
람도 성벽을 이루고 있는 돌 한 개의 위치 변화에 관심을 보내지
않고 지나다닐 때, 옮겨진 돌을 바라보며 빙그레 웃고 있는 그의

모습을 나는 쉽게 상상할 수 있었다. 그것이 서씨가 간직하고 있
는 자기였고 내가 그와 접촉하면 할수록 빨려들어갈 수 있었던
깊이였던 모양이다.(105쪽)

서 씨의 깊이에 빨려들어간 화자는 어떠한 상태에 있을까? 그것은
아마도 멍청해진 상태가 아닐까?

9.

서 씨가 가진 깊이를 직접적으로 설명하는 것은 불가능하다. 우리는
그것에 대비되는 것이 무엇인지를 살펴봄으로써 간접적으로만 거기에
접근할 수 있을 뿐이다. 서 씨의 깊이에 대비되는 것은 무엇인가? 다
시 말해 서 씨의 미소가 폭파하는 것은 어떤 세계인가? 그것은 「종교
로서의 자본주의」가 지배하는 죄의 세계이다. "자본주의는 추측컨대
죄를 씻지 않고 오히려 죄를 지우는 제의의 첫 케이스이다. 이 점에서
이 종교체제는 엄청난 운동의 추락 과정 속에 있다. 죄를 씻을 줄 모르
는 엄청난 죄의식은 제의를 찾아 그 제의 속에서 그 죄를 씻기보다 오
히려 죄를 보편화하려고 하며, 의식(意識)에 그 죄를 두들겨 박고 결국
에는 무엇보다 신 자신을 이 죄 속에 끌어들임으로써 신 자신도 속죄
에 관심을 갖도록 만든다."[5]

10.

물론 자본주의교(資本主義敎) 이전에도 죄(와 속죄)는 존재했다. 그

러나 그 세계들에서 죄와 속죄의 사이클은 제각기 나름의 균형과 안정성을 확보하고 있었다. 반면에 자본주의교는 저 원환을 일직선으로 교체함으로써 성립한 것이다. 어떤 세계든 죄를 짓는 것이 불가피하다면, 필요한 것은 적당한 시기에, 합당한 장소에서, 그리고 적합한 방법으로 그 죄를 씻는 것일 터이다. 세계의 거의 모든 종교가 이 구조를 토대로 삼고 있으며, 더 나아가 우리는 이 구조를 거부하는 (민족) 종교는 (보편) 종교로 성립할 수 없다고까지 말할 수도 있다. 그러나 자본주의교는 바로 이 구조와 대결하면서 성립 · 성장한 종교이다. 다시 말해 죄와 속죄의 원환을 죄와 축죄(築罪)의 무한한 상승 직선으로 대체한 것이다. 이제 죄는 지워지지 않고 오로지 하늘을 향해 끝없이 쌓여가기만 하게 되었다.

11.

속죄란 본디 제의(ritual)와 연결된 것이다. 죄를 씻어내기 위해서는 극도의 집중력(혹은 정성)을 들여 제의를 치러야 한다. 제의가 성사(聖事, sacrament)라는 다른 말로도 불린다는 사실은 우연이 아니다. 제의는 근본적으로 낡은 세계를 폐기하고 새로운 세계를 열어젖히는 우주적 사건의 상징이다.

---

❺ 발터 벤야민, 최성만 옮김, 『역사의 개념에 대하여 · 폭력 비판을 위하여 · 초현실주의 외』, 길, 2008, 122쪽.

12.

바로 이와 같은 제의가 자본주의교에는 존재하지 않는다. "자본주의는 추측컨대 죄를 씻지 않고 오히려 죄를 지우는 제의의 첫 케이스이다."[6] 제의의 전복, 제의의 오염, 그리고 제의의 무화(無化).

13.

자본주의교는 자신을 믿는 모든 인간에게 죄를 선물한다. 이 선물은 거절할 수 없고, 처리할 수 없으며, 폐기하거나 잊어버릴 수도 없는, 그리고 무엇보다 응대할/되갚을 수조차 없는, 무시무시한 절대적인 선물이다. 이제 인간은 죄를 짓고, 또 죄를 받는다. 여기에 탈출구는 없다. 죄와 함께 사는 인간에게는 오직 하나의 감정적 상태, 즉 걱정이라는 감정 상태만이 허락된다. "걱정들(Die Sorgen)은 자본주의 시대에 고유한 정신병이다. 빈곤, 떠돌이−걸인−탁발승적 행각에서 정신적(물질적이 아닌) 탈출구 없음. 그처럼 탈출할 길이 없는 상태는 죄를 지우는 상태이다. '걱정들'은 이 탈출구 없음의 죄의식을 나타내는 지표다. '걱정들'은 개인적이고 물질적인 차원에서가 아니라 공동체 차원에서 탈출구를 찾지 못한다는 불안에서 생겨난다."[7]

---

[6] 같은 곳.
[7] 같은 책, 125쪽.

14.

서 씨의 우주적 연극을 목도한 속 이야기의 화자는 얼마 후 깔끔하고 부유한 양옥집으로 이사한다. 그리고 그곳에서 그는 하나의 어처구니없는 연극, 즉 '걱정'이 상연되는 연극을 보게 된다.

이 가족의 계획성 있는 움직임, 약간의 균열쯤은 금방 땜질해버릴 수 있도록 훈련되어 있는 전진적 태도, 무엇인가 창조해내고 있다는 듯한 자부심이 만들어준 그늘 없는 표정—문화라는 말을 쓸 수 있는 사람들이 있다면 바로 이 사람들이었다. 이 사람들은 매일매일 달리고 있는 것이었다. 따라서 어느 지점과의 거리를 단축시키고 있는 셈이었다. 이것이 나의 그들에 대한 이해였다. […] 그러나 그 어느 지점이 무한하게 먼 곳에 있을 때도 우리는 그들이 거리를 단축시키고 있다고 생각할 수 있을까? […] 차라리 이 사람들의 태도야말로 자신들은 걷고 있다고 믿으면서 사실은 매일매일 제자리걸음을 하고 있는 바로 그것이 아닐까. 빈민가에 살던 사람들의 그 끝없는 공전 같아 뵈던 생활이 이곳보다는 오히려 더 알찬 것이 아니었을까. 이것이 나의 감정이었다.(107쪽)

15.

'걱정'은 아무리 작은 균열이라도 견디지 못한다. 곧바로 그것을 '땜질해버려야' 하는 것이다. 마찬가지로 (범)죄는 약간의 어긋남만으

로도 엄청난 붕괴를 가져온다. 요컨대 걱정과 (범)죄는 유비적이다. 이
것은 결코 추상적·형이상학적 진술이 아니다. 무형의 화폐를 빛의 속
도로 순환시켜야만 생존할 수 있는 금융자본주의의 속도전에서 우리
가 날마다 접하는 구체적인 사건에 대한 직접적 진술이다. 죄는 화폐
의 비가시적 가치/기의이고, 화폐는 죄의 가시적 표현/기표이다.

16.

옮겨진 돌들을 바라보는 서 씨의 웃음. 이것은 대략 반세기 전 프루
스트가 웃었던 웃음이다.

17.

이 작품에서 서 씨가 영리한 인물로 그려지지 않는 것은 당연하다.
세계를 폭파하는 웃음은 오직 미숙하고 어리석은 자에게만 허락될 수
있기 때문이다.

> 그는 사귈수록 착한 사람의 전형이었다. 굵게 쌍꺼풀진 눈매는
> 가난한 사람답지 않게 빛나고 있어서 차라리 보는 사람에게 열등
> 감을 줄 정도지만 그는 그 눈으로써 상대편에게 친밀감을 나타낼
> 줄도 알았다. 영리해 보이지는 않고 오히려 행동이며 머리 돌아
> 가는 건 그 반대인 듯했다. 두터운 입술 사이를 비집고 나오는 듯
> 한 그의 함경도 사람답지 않게 느린 말씨가 더욱 그것을 증명해
> 주었다.(100쪽)

18.

서 씨의 깊이는 그의 멍청함, 그의 아둔함으로부터 나온 것이다. 그러나 그의 멍청함 속에는 하나의 비밀이 간직되어 있다. 즉, 그는 죄와 축죄의 무한 상승 직선 세계를 살아가는 존재에게 허락된 단 하나의 방법을 알고 있는 것이다. 그것은 어떤 방법인가? 돌을 들어올리는 것일까? 아니다. 그것은 바로 **눈에 띄지 않는 것**이다. 더 정확히 표현하자면, 눈에 띄지 않고 세상을 속이는 유희/도박/연기—발터 벤야민이 가장 중요하게 생각한 단어들 중 하나인 독일어 '슈필Spiel'에는 이 세 가지 뜻이 모두 들어 있다—를 하는 것. 동대문 위의 돌들의 위치를 남몰래 바꿔놓음으로써 서 씨는 세상을 속이는 데 성공한 셈이다. 그리고 그렇게 '옮겨진 돌을 바라보며 빙그레 웃고 있는 그의 모습'은 글쓰기를 통해 세계를 내팽개치는 데 성공한 프루스트의 미소와 너무나도 흡사하다.

19.

그러나 서 씨가 돌들을 남몰래 옮겨놓음으로써 도대체 무엇이 바뀌었을까?

아무것도.

20.

이 지점에서 우리는 서 씨의 미소를 감지한 화자에 대해 더 자세히 살펴보아야 한다. 그는 말하자면 희극적 테러리스트이다. 그런데 그의 테러의 대상은 누구/무엇인가? 매일매일 질서 잡힌 궤도를 달려나가는 양옥집 사람들의 삶이 그것이다. 그들의 지루한 생활 패턴에 넌더리가 난 그는 그들의 일상에 기묘한 테러를 가한다. 그들이 밤마다 마시는 물주전자에 몰래 흥분제를 넣은 것이다. 양옥집 사람들, 특히 '할아버지'는 질서와 상식의 화신이다. 이에 반해 그들에게 곤혹스러운 충격을 가하는 화자는 무질서와 꿈의 숭배자이다. 두 사람의 생각은 마치 얼음과 불처럼 서로를 죽이는 관계 속에 서 있다. 그러나 화자의 테러를 양옥집 사람들에 대한 투쟁으로 여겨서는 안 된다. 그들이 마실 물에 흥분제를 타 넣은 화자의 행동은 서 씨의 돌 옮기기를 모방한 것으로, 직접적 투쟁이 아니라 간교한 책략, 즉 속임수에 가까운 것이다. 그리고 이 속임수는 진지하거나 심각하기보다는 우스꽝스럽고 희극적이다. 흥분제를 타 넣을 때의 심리 상태에 대한 그의 회상. "이것은 천박한 장난? 그렇지만 나는 기도하는 것처럼 엄숙했었다."(110쪽) 장난과 기도의 기묘한 결합. 이것은 화자가 서 씨의 우주적 속임수로부터 배운 방법이다.

21.

그러나 그는 서 씨의 미소에 대해서는 제대로 알지 못했다. 물론 그것을 간파하기는 했지만 말이다. 왜냐하면 그는 서씨처럼 끝까지 남몰래 비밀을 간직하지 못했기 때문이다. 물론 그는 단 한 사람, 즉 화자에게 그것을 공개하기는 했으나, 이것은 비밀 폭로라기보다는 무대 위의 공연에 가까운 것으로 보아야 옳다. 이에 반해 화자는 흥분제를 먹은 양옥집 사람들의 반응을 은밀히 관찰하지 않고 **직접적으로** 그들을 자극했던 것이다.

> 꽤 오랜 시간이 지났다. 아무 소식이 없었다. 그러자 나는 잠들지 못하고 몸을 이리저리 뒤척이고 있을 그들을 상상해보았다. 지금 그들은 잠든 체하고 있을 뿐인 것이다. 내가 이제라도 쾅, 하고 피아노를 울리기 시작한다면 그들은 구원이라도 받은 듯이 뛰어나오리라. 물로 이 밤중에 무슨 소란이냐고 나를 나무란다는 대의명분으로서. 나는 피아노에 생각이 닿은 것이 기뻤다. 나는 피아노 앞으로 다가갔다. 그리고 뚜껑을 열었다. 건반이 어둠 속에서 하얗게 웃고 있었다. 나의 손가락들이 건반 위에 놓여졌다. 이제 손에 힘만 주면 되었다. 물론 곡도 무엇도 아닌 광폭한 소리만이 이 집을 떠내려보낼 것이다.(111쪽)

22.

서 씨와 달리 화자는 지나치게 영리했다(그러나 여기에도 비밀이 숨겨져 있다).

23.

그는 두 번째 화자에게 다음과 같이 묻는다. "어느 쪽이 틀려 있었을까요?" 두 번째 화자의 생각은 이러하다. "나로서는 얼른 믿어지지 않는 얘기다. 첫째, 그런 생활이 있을 것 같지 않고, 있다고 해도 어느 쪽이 반드시 틀렸다고 말할 수도 없고, 오히려 두 쪽 다 잔혹할 뿐이라는 점에서 똑같고, 어느 쪽이 틀렸다고 해도 그것은 그 젊은이가 이질적인 사실을 한눈에 동시에 보아버리려는 데서 생긴 무리겠지, 라고." (112쪽) 두 번째 화자의 이성은 사태를 일목요연하게 정리하고 있다. 양옥집의 현실과 서 씨의 현실, 이 두 가지 현실이 '이질적인 사실' 이라는 간단한 표현 속에 구겨넣어지고 있는 것이다. 적지 않은 경우들에서 추상적 표현/개념은 구체적인 사실을 압도한다.

24.

정리는 강력하고 매력적이다.

25.

그러나 정리는 항상 처치 곤란한 잔여를 은폐한다. 반복하건대, 두 번째 화자 역시 저 두 가지 이질적인 사실 앞에서 무기력함을 느끼는 것이다. "알 수 있는 것은 다만, 그 젊은이가 보았다는 두 가지 생활이 사실 내 바로 곁에 공존하고 있다고 하면 나도 좀 멍청해져버리지 않을 수 없으리라는 느낌뿐이었다."(112~113쪽)

26.

얼핏 보면 첫 번째 화자 역시 두 번째 화자와 마찬가지로 지나치게 영리한 까닭에 한계를 보이는 듯하다. 그러나 두 번째 화자는 자기도 모르게 서씨의 방법으로부터 놀라운 비결을 발견하고 체득했는데, 바로 망각이 그것이다. 가령 그는 양옥집으로 이사를 온 지 한참이 지났음에도 불구하고 낮잠에서 깬 후 자신의 방을 알아보지 못한다.

> 내가 눈을 떴을 때 내 코는 벽에 거의 닿을 듯 말 듯 했다. 낮잠을 자는 동안 나는 벽에 얼굴을 바싹 대고 있었던 모양이다. 벽은 하얀 회로 발라져 있었고 지나치게 깨끗했다. 내 방은 이렇지 않은데, 하고 나는 어리둥절했다. 남의 집에서 잠이 든 것이었을까, 혹은 '의식을 회복하고 보니 병원이더라' 라는 경우 속에 있는 것일까, 하고 나는 생각했다.(82~83쪽)

물론 이와 같은 "어처구니없는 기억의 단절"이 오롯이 서 씨의 영향 덕분인 것은 아니다. 화자는 일찍부터 그와 같은 망각에의 소질을 다분히 가지고 있었던 것이다.

> 물론 무엇인가를 깜빡 잊어버리는 때가 흔히 있는 법이다. 우스운 얘기지만 심지어 오줌누는 법을 잊어버린 때도 있었다. 언젠가 어느 다방에 가서(그 다방은 어느 건물의 이층에 있었는데 나는 무슨 생각엔가 잠겨서 계단을 느릿느릿 걸어 올라갔었다) 다방 문의 밖에 있는 화장실을 들렀을 때였다. 그때 나는 긴급한 생리적 필요에도 불구하고 어떻게 소변 보는가를 깜빡 잊어버린 것이었다. 나는 몹시 당황했었다.(87쪽)

27.

그러나 망각 자체보다 더욱 주목을 요하는 것은 망각으로부터 깨어
나는 과정이다. 낮잠에서 깨어난 화자가 양옥집의 자기 방을 알아보는
것은 무엇에 의해서인가? 그것은 그 공간 안에 있는 자신의 소유물에
의해서이다.

나는 방 안을 찬찬스럽게 눈으로 더듬었다. 내 오른쪽 벽의 구
석진 곳에 다색(茶色)의 나왕으로 된 방문이 있다. 내 맞은편 벽
에 기대서 책들이 좀 무질서하게 줄을 지어 서 있다. 나를 향하고
있는 책의 등에 적혀진 그 책들의 표제를 나는 읽었다. 『연극개
론』,『비극론』,『현대희극의 제문제』,『현대 연극의 대사』,『History
of drama』 등. 그것은 내 전공 부문의 책들, 바로 나의 책들이었
다. 그리고 핀이 빠졌는지 캘린더가 벽에서 떨어져서 마치 단정
치 못한 여자가 주저앉아 있는 듯한 모습으로 방바닥에 널려져
있고 왼쪽 벽 구석 가까이에 잉크병, 노트들, 펜들, 나의 세면도
구, 재떨이, 담배가 몇 가치 빈 '진달래', 찌그러진 성냥통 그리
고 내 기타가 역시 무질서하게 놓여져 있거나 벽에 기대어져 있
고 벽의 옷걸이에는 내 옷들이 걸려져 있었다. 모든 것이 나의 소
유였다. 그러면 이건 나의 방이었다. (85~86쪽)

그렇다면 그가 서 씨와 함께 살던 창신동의 방은 어떻게 자신의 방
으로 인식되었을까?

빈민가의 집들에서만 볼 수 있는 천장. 그렇다, 나의 방은 동대문 곁에 있는 창신동 빈민가에 있는 것이다. 지구가 부서졌다가 다시 생겨난다 해도 그 나의 방은 지금의 이 방처럼 깨끗하지가 못하다. 나는 얼른 고개를 돌려서 좀 전에 내가 코를 대고 낮잠을 자던 하얀 벽을 살펴보았다. 이것이 내 방이라면, 신문지로 도배된 벽에 볼펜 글씨의 이런 낙서가 분명히 있을 터이다? '창신동에 사는 사람들은 모두 개새끼들이외다'.(84쪽)

28.

망각으로부터 깨어나는 길목에 서 있는 두 개의 이정표, 소유물과 낙서. 그러나 화자는 자신의 소유물을 안전하게 보관해주는 양옥집의 방을 견디지 못한다. 왜냐하면 그는 세상보다는 서 씨와 더욱 친하기 때문이다. 물론 그의 의식은 여전히 어느 쪽이 틀려 있는지를 알지 못한다. 그러나 그의 내밀한 본질은 알고 있다. 견고해 보이는 현실의 벽은 가벼운 웃음 한 방으로도 붕괴될 수 있다는 사실을. 그가 자신의 재산보다는 낙서를 더 사랑한다는 사실은 이처럼 비밀스러운 지혜를 암시하는 기호이다. 게다가 그 낙서의 내용을 자세히 곱씹어보면, 우리는 더욱 흥미로운 사태를 만나게 된다. 즉, 그는 바로 창신동에 사는데도 불구하고, 아니 바로 그렇기 때문에 '창신동에 사는 사람들은 모두 개새끼들'이라는 진술을 사랑하는 것이다. 이것은 세계를 산산조각 내고 싶어 하면서도 자기 자신 역시 세계의 일부라는 사실을 냉철하게 인식하는 자만이 가질 수 있는 태도이다.

29.

그리고 바로 이 지점에서 우리는 그의 직업—비록 아마추어일망정—이 희곡작가, 더 정확히는 희극 작가라는 사실이 가진 의미를 선명히 깨닫게 된다. 그가 양옥집으로 이사할 수 있었던 것은 다름 아니라 "다행히 어느 쇼단에 촌극용 코미디 각본이 몇 편 팔리고 거기서 생긴 수입이 꽤 되었"기 때문이다.(89쪽) 달리 말해서 화자는 코미디를 무기로 양옥집으로 뛰어들어간 웃음의 테러리스트인 셈이다. 그가 서 씨의 미소를 알아챌 수 있었던 것은 이렇듯 세계와 자기 자신을 동시에 폭파시키려는 태도를 가졌던 덕분이다. 역사(力士)로서의 정체성을 꽁꽁 숨긴 채 남들과 똑같이 일하고 남들과 똑같은 임금을 받으며 살아가는 서 씨. 단 한 명의 관객을 상대로 돌들을 들어올리고 위치를 바꿔놓는 연극을 상연하는 그의 모습은, 이 말이 가질 수 있는 한에서 최고로 반어적인 의미에서, **유치하다**. 그러나 화자는 이 유치함의 잠재력을 간파했다. 화자의 광폭한 피아노 연주는 얼핏 베르그손적 웃음의 의미로밖에는 보이지 않는다. 그러나 그것은 서 씨의 연극 못지않게 **미숙하고 조잡하다**. 김승옥은 이 미숙함과 조잡함 속에 거대한 폭발력이 있음을 감지했다. 이 소설이 가진 형식적 불균형이 바로 그 증거다. 다시 말해 저 유치함, 미숙함, 그리고 조잡함에 상응하는 것이 바로 이 소설의 형식적 불균형인 것이다. 그리고 이 불균형은 실로 숭고의 차원으로까지 육박하는 미완성의 완성—물론 이것은 역설이다—을 상징한다.

30.

　김승옥이 쓴 '역사(力士)의 역사(歷史)'는 우리에게 세계를 초월하는 방법이 아닌 세계와 함께 몰락하는 방법을 가르쳐준다. 지침(指針)은 다음과 같다. **눈에 띄지 않은 채 세상을 완벽하게 속일 것.** 이것은 동시에 자본주의교 축죄의 역사를 말끔히 지우는 방법이기도 하다. 현실에 충실했던 두 번째 화자를 어리둥절하고 불편하게 만든 이 별난 젊은이—첫 번째 화자—는 분명 이야기를 마친 후 유유히 자리를 뜨면서 빙그레 미소를 지었을 것이다. 언젠가 동대문 곁에서 서 씨가 그랬듯이.

31.

무엇이 바뀌었을까?

아무것도.

다시 한 번, 무엇이 바뀌었을까?

모든 것이!

소비하는 감정의 공간, 북촌

─ 〈북촌방향〉과 〈3월의 눈〉을 통해 바라본 북촌

• 김윤미 •

북촌은 어디인가요?

홍상수 감독의 영화 〈북촌방향〉에 나오는 곳은 한옥이 밀집해 있는 지역을 탐방하고자 하는 산책자들이 찾는 북촌 풍경이 아니다. 그들이 서성이는 곳은 한옥 밀집 지역의 입구에 해당한다. 이곳은 '한옥마을'을 탐방하려는 탐방객이나 연인들이 북촌 지도를 손에 들고 주민들에게 길을 묻는 지점으로 안국역에서 가까운 헌법재판소나 안동교회 부근이다. 대부분 여기까지는 사람들이 쉽게 찾아온다. 그러나 여러 갈래로 갈라진 골목들이 나타나면서 어디로 가야 할지 난감해한다. 북촌

한옥 탐방객들이 찾고자 하는 가회동 한옥 골목

을 찾아온 산책자들은 골목에서 길을 잃고 그들이 찾아가고자 하는 북촌의 일부인 한옥 밀집 지역을 끝내 찾지 못하고 구불구불한 골목길과 언덕을 오르내리다가 혼란스러워하며 돌아간다. 다가구, 다세대 주택들로 동강이 나버린 한옥 밀집 지역을 찾으려면 먼저 골목을 돌고 돌아가는 발품을 팔아야 하기 때문이다. 그래서 탐방객들이 던지는 "북촌이 어디죠?"라는 질문에 주민들은 대부분 그들이 선 곳을 북촌이라고 대답한다.

© 김윤미

만물상 가게가 까페로 바뀌었다.

오늘날 ‘북촌’은 경복궁과 창덕궁 사이에 위치한 가회동, 화동, 삼청동, 사간동, 원서동, 안국동, 계동, 재동, 팔판동을 아우르는 지명으로 인식된다. 이 지역에 한옥 주거 공간이 밀집해 있기 때문이다. 한옥과 일반 주택 사이의 미로에 자리한 현재 북촌의 형태는 개발 제한과 해제가 반복되면서 도시 공간 속에서 특이한 형태로 자리 잡았다. 한옥 밀집 지역이 빚어내는 한옥 지붕의 경관과 공간적 특성으로 인해 생긴 다양한 형태의 골목길은 사람들에게 아파트와는 색다른 공간 체험을 경험하게 했다. 이러한 공간 체험은 외국인들에게 북촌을 한국이라는 나라를 체험할 수 있는 대표적인 장소로 인식시켰다. 따라서 북촌은 한옥 게스트 하우스의 급증과 함께 관광지로 급변했다. ‘북촌’은 한국인에게는 전통문화를, 외국인에게는 ‘한국적인 것’의 추상성을 실제화하는 장소로서 그 정체성을 형성해왔다.

이푸 투안은 『공간과 장소』에서 어떤 지역이 친밀한 장소로서 다가올 때 우리는 비로소 그 지역에 대한 느낌, 즉 ‘장소감’을 가지게 된다고 했다. 그에 따르면 ‘공간은 움직임이며, 개방, 자유, 위협이고, 장소는 정지, 개인의 안식처, 안전과 애정을 느낄 수 있는 고요한 중심’이다. 이런 의미에서 본다면 ‘북촌’은 시간의 흔적을 느낄 수 있는 정지된 공간으로서 사람들에게 급변하는 사회에서 정서적 안정감을 주는 ‘장소감’을 지닌 공간인 셈이다.

그런가 하면 북촌은 어느 정도는 미디어에 의해 조장된 측면도 있다. 여성지와 신문, 드라마를 통해 낡은 한옥이 현대적 주거 공간으로 리모델링되어 등장했다. 비슷비슷한 여러 동네 이름도 ‘북촌’이라는 하나의 이름으로 묶임으로써 대중들에게 쉽게 기억되었다. 드라마에서 '공간의 재현'은 실재와 부재를 연결하며, 추상적 개념을 물질적인 형식으로 현실에 구체화시키기 때문이다.

북촌 여기저기서 벌어지는 영화와 드라마 촬영은 가게의 삐거덕거리는 의자를 순식간에 세트장의 도구로 바꾸었다. 카페와 분식집 출입문에 붙은 영화 촬영 광고 사진과 배우들의 사인이 초라한 현실을 드라마의 공간으로 바꾸는 효과는 북촌을 환상과 현실이 공존하는 장소로 만들어놓았다. 환상이 비집고 들어간 현실의 공간에는 삶의 초라한 현장들이 배제되고 지워지게 마련이다.

리어카에서 생선을 팔던 아주머니, 낡은 문구점, 고물로 넘쳐나던 전파상, 모래와 건설 자재가 어수선하게 쌓여 있던 작은 건설 사무소, 털털거리며 고추를 빻거나 참기름을 짜던 방앗간, 낡은 원통형 오방색 네온이 빙글빙글 돌아가던 이발소, 꼭 필요한 교재와 문구만 팔던 책방, 손수 대패질해서 액자를 만들던 기술자 박 씨네 가게. 이제 그들의 흔적은 보이지 않고 영화 〈북촌방향〉에 나오던 술집과 음식점만 넘쳐난다. 그러므로 영화 〈북촌방향〉에 진짜 북촌은 없다.

그가 길을 서성이는 까닭

영화 〈북촌방향〉의 흑백 포스터와 영상은 '북촌'을 현재와 거리를 둔 과거의 장소로 이미지화한다. '북촌'이라는 지명과 '흑백영화'가 불러일으키는 정서는 〈북촌방향〉에 등장하는 음식점과 술집, 춥고 황

계동 골목의 방앗간. 간판만 최근에 새로 갈았다.

량한 현대적 거리를 과거의 어느 한 시기로 고정시키며 오히려 현재를 식민화한다.

영화를 끌어가는 서사 역시 '북촌'이라는 지명이 옛 기억을 불러일으키는 장치로 작용하며 우연한 만남들이 단절적으로 흘러가는 식으로 진행된다. 예전에 잃어버린 어떤 것과 닮아 있으나 그 실체는 아닌 것처럼 이데아와 그림자의 관계라고 할 수 있다. 옛 애인과 닮은 그녀를 실제 옛 애인 대신 선택하는 성준은 오히려 이데아를 찾지 않기 위해 그림자를 쫓아가는 방황하는 산책자로 그려진다. 그러므로 〈북촌방향〉에서 주인공 성준의 배회는 잃어버린 그 무언가를 찾아가는 여정이며, 그러한 여정을 통해 방황하는 산책자 자신의 모습을 발견하는 데 목적이 있다. 따라서 그 배경인 '북촌'은 하나의 메타포로 기능한다.

〈북촌방향〉은 한때 영화감독이었던 성준이 주인공이다. 성준은 북촌에 사는 선배 영호의 집에 가려고 헌법재판소 부근에서 전화를 걸지만 선배는 전화를 받지 않는다. 지방 대학 영화과 교수인 성준이 서울에 도착하면 북촌에 들르는 것은 선배 영호를 만나기 위해서다. 성준은 전에 알던 여배우를 골목에서 우연히 만나 이야기를 나누고 헤어진다. 인사동 술집에서 혼자 막걸리를 마시던 성준은 옆자리에 앉은 영화과 학생들과 합석하게 되고 그들을 끌고 옛 애인이 살던 동네로 택시를 타고 간다. 그는 거기서 영화과 학생들에게 갑자기 자신을 따라오지 말라고 소리치며 도망친다. 성준의 이런 돌발적인 행동은 영화가 진행되는 동안 성준의 성격을 미리 설명해준다. 그의 즉흥적인 돌발 행위는 그가 배회하는 북촌의 골목에서 우연히 마주치는 인물과 어떤

영화 '북촌방향' 과 같은 제목의 까페

사건을 불러일으킬 것이라는 관객의 기대 심리로 긴장감을 준다.

영화는 전적으로 성준의 돌발적 행동과 단절적이고 표면적인 만남이 되풀이되는 식으로 이어진다. 전에 알던 여배우와 길에서 우연히 세 번씩이나 만나게 되고, 한때 인사동에서 술을 마셨던 영화과 학생들이 여배우의 제자로서 다시금 성준과 마주치게 되는 상황, 영화를 함께 찍었으나 전혀 기억하지 못하는 스태프와의 만남 등은 성준이 선배 영호를 만나 '소설'이란 술집에서 술집 주인을 기다리며 술을 마시는 세 번의 만남과 엇갈리면서 진행된다.

한옥을 개조한 '소설'이라는 술집에서 성준이 선배와 선배의 후배인 여 교수와 나누는 일상적인 대화는 돌발적인 성준의 행동만큼이나 화제도 돌발적으로 발생하고 반복된다. 단절과 반복이 영화의 서사를 진행시킨다고 할 수 있다. 집을 나간 애완견을 걱정하며 슬퍼하는 여 교수가 자기 존재에 대한 회의에 빠질 때 그녀를 위로하는 선배, 번번이 가게를 비우던 술집 주인이 홀연히 나타났다가 재료를 사러 다시 가게를 나가는 일이 반복된다. 옛 애인과 닮은 술집 주인이 눈 내리는 골목길로 재료를 사러 갈 때 동행하는 성준은 옛 애인의 문자를 보게 되고, 반사적으로 갑자기 술집 주인에게 키스를 한다. 술집 주인은 성준과 사랑을 나눌 때 갑자기 그를 '오빠'라고 부른다. 그들은 갑자기 친밀해지고, 서둘러 사랑을 한다. 그리고 다음 날 아침 성준은 자신의 팬이라며 사진을 찍고 싶다는 여인을 안동교회 앞에서 우연히 만난다. 성준은 전통 가옥인 윤보선 대통령 생가 앞에서 포즈를 취하고 여인은 그를 클로즈업해서 쉬지 않고 찍는다. 좀처럼 끝나지 않는 여인의 사

© 김윤미

낡은 서점이 있는 계동 골목

영화 〈북촌방향〉 포스터

진 찍기에 놀란 성준의 표정이 클로즈업되면서 영화는 끝난다.

영화의 마지막 장면에 감독은 한때 영화감독이었던 성준을 카메라의 피사체로 확대시킨다. 성준이 혹은 감독이 카메라를 통해 바라보았던 그 세계에 그는 자신을 던져놓는다. 놀란 성준의 눈은 카메라를 뚫어지게 바라본다. 그의 낯선 눈길은 그가 카메라를 통해 바라보던 세상의 본질이다.

그런데 성준은 왜 계속해서 북촌을 배회했을까? 그가 우연히 만나게 되는 인물들은 한때 그가 영화를 만들 때 만났던 배우나 작곡가, 또는 그의 팬인 영화과 학생들과 사진 찍는 여인이다. 그들도 북촌을 배회한다. 그들은 성준에게 언제 또 영화를 만들 건지 묻는다. 영화 외에 성준이 그들과 나눌 수 있는 대화는 없다. 북촌을 배회하는 그들만큼이나 성준도 배회한다. 그러므로 카메라를 바라보는 놀란 성준의 얼굴은 홍상수 감독이 북촌에서 발견하려고 했던 본질일지도 모른다. 만약 그렇다면 '북촌'은 홍상수 감독이 찾고자 하는 잃어버린 것에 대한 일종의 메타포이다.

영화 〈북촌방향〉은 흑백으로 촬영되었기 때문에 '북촌'은 과거의 시간에 고정되어 있다는 느낌을 불러일으킨다. 다섯 명의 배우가 걸어가는 장면을 찍은 흑백 포스터는 영화 속 우연한 만남의 연속이 빚어내는 지나간 시간에 대한 오마주로 읽힌다. 잡힐 듯 잡히지 않는 〈북촌방향〉의 의미망 또한 북촌에서 길을 잃은 산책자의 혼란과 어느 정도 유사하다. 그럼에도 〈북촌방향〉의 진정성은 탐방객들이 찾는 한옥 밀집 지역이 있는 진짜 북촌의 풍경을 보여 주지 않음으로써 성취된다는 데 있다. 한옥을 개조한 '소설'이라는 술집과 '다정(多情)'이라는 한식집 그리고 선배 영호의 초라한 작업실은 북촌의 내부를 전시하고 있다. 상업적인 소비 공간과 독신남의 공간만을 보여줌으로써 북촌에 사는 원주민의 존재는 배제돼 있다. 점점 줄어드는 실제 거주민의 수를 예로 들지 않더라도 '북촌'이 오늘날 우리가 잃어버린 것을 구현해 줄 거라는 기대감은 방황하는 산책자들의 혼란스러움만큼이나 증폭될 것이다.

그래도 '북촌'에는 무언가 특별한 것이 있다. 바로 한옥이다. 영화 〈북촌방향〉이 북촌을 이방인의 시선으로 바라보았다면, 연극 〈3월의 눈〉은 그곳에 살고 있는 거주자의 시선으로 바라본 작품이다.

한옥이 분해되던 날

영화 〈북촌방향〉의 인물들이 북촌을 서성이는 동안 연극 〈3월의 눈〉의 인물들은 분해되는 낡은 한옥과 작별하고 북촌을 떠난다. 〈북촌방향〉의 주인공이 북촌의 이방인이었다면, 〈3월의 눈〉의 주인공은 북촌의 원주민이다. 그러나 그들은 모두 북촌에 머물지 못한다.

연극 〈3월의 눈〉은 손자의 빚잔치로 고택을 떠나는 주인공 '장오'의 마지막 하루를 그린 작품이다. 이발관이 사라져 머리를 깎지 못하고 돌아온 장오(장민호)는 아내 이순(백성희)이 말을 걸어도 퉁명스럽게 대꾸할 뿐이다. 그는 화가 나 있는데, 자신도 왜 화가 나는지 알지 못한다. 이순은 문에 창호지를 바르면서 장오의 화를 풀어준다. 6·25 전쟁으로 부모를 잃은 이순을 위해 준칫국을 끓여주던 장오, 그 국을 다 먹었다는 아내와 다 먹지 않았다는 장오는 서로 엇갈린 기억을 두고 설왕설래한다. 그러나 아내 이순이 오래전 죽은 사람이라는 건 연극 마지막에야 드러난다. 관객은 이순이 한옥 마루가 뜯겨나간 걸 알지 못했던 것도, 새 주인이 찾아와 불러도 안방에서 나오지 않았던 것도 그녀가 죽은 사람이기 때문이라는 것을 연극이 끝날 때야 알게 된다.

노배우 장민호와 연극 속 인물인 장오는 하나가 된다. 배우 장민호는 무대를 말없이 걸어가기만 해도 또는 가만히 앉아 있기만 해도 그 존재감으로 무대를 압도한다. 대사는 절제되어 있고, 손진책의 연출도 절제되어 있다. 배삼식의 희곡 또한 절제되어 있다. 이러한 비어 있음은 무대를 깊고 고요한 울림으로 가득 채운다. 한옥과 노부부가 함께

빈집으로 오랫동안 방치된 낡은 한옥

연극 〈3월의 눈〉에 나오는 이순과 장오를 만날 것 같은 한옥

해온 장구한 시간을 관객은 함께 경험한다.

3월의 눈 내리는 날 새벽, 마당을 깨끗이 쓸고 집을 나간 아들이 돌아오지 않자 한이 맺힌 이순과 어린 손자와 며느리를 두고 떠난 아들에게 잔뜩 화가 난 장오, 그는 유일한 혈육인 손자의 빚을 갚기 위해 집을 팔았다. 미안해서 어쩔 줄 모르는 손자며느리가 어두컴컴한 마루에서 장오에게 만두를 권할 때, 연출가는 한옥이 빚어내는 독특한 정서를 조명으로 표현했다. 손자며느리가 집을 떠난 뒤 대청마루에 혼자 앉아 있는 장오의 모습은 한옥 밖의 조명에 의해 비춰진다. 한지와 기둥과 기둥 사이로 스며드는 외부의 빛들이 흐린 어둠 속에 앉은 장오의 고독을 비추기에 충분하다. 해방과 전쟁, 분단과 휴전 등 한국사의 격동을 살아낸 지난 세대의 묵묵한 자기희생이 한옥으로 은유되어 두 원로 배우를 통해 구현된다.

이렇게 연극 〈3월의 눈〉은 북촌에 사는 원주민의 역사성을 잘 드러낸 작품이다. 텔레비전이 급조한 '북촌'이 아니라 미디어가 발견하지 못한 진짜 '북촌'의 모습을 보여준다. 텔레비전 드라마에 나왔던 한옥을 탐방하러 온 관광객에게 동네 통장은 "가 봐야 볼 것 없어. 들어가지도 못할걸. 그건 요새 지은 거고, 집이야 이게 진짜배기 한옥이지. 한옥 구경하려면 이 집 보는 게 나" 하고 장오의 집을 추천한다.

연극 〈3월의 눈〉을 공연한 국립극단의 프로시니엄 무대와 한옥의 구조는 절묘하게 결합되었다. 무대 디자이너 박동우는 소설가 상허 이태준이 머물면서 작품을 집필했던 '서울시 민속자료 제 11호'로 지정된 성북동 수연산방을 모티브로 삼아 고택을 재연했다. 한옥은 양로원

연극 〈3월의 눈〉 포스터

으로 떠나는 한 노인의 마지막 하루를 담아내기에 적합했다. 한옥은 얼마든지 재료를 옮겨 다시 지을 수 있기 때문이다. 무대에 올린 낡은 고택과 그 속에 실재하는 배우의 현존감은 연극이 주는 생생함을 능가한다. 그것은 단숨에 채워질 수 없는 긴 시간의 집적으로 이루어진 것들이다. 그러므로 북촌은 우리의 존재를 지탱하는 시간의 역사가 존재하는 곳이 된다. 자본의 논리로 분해된 한옥은 어딘가에서 다시 세워질 것이기에 그것은 완전히 사라지지 않는 그 무엇이다.

연극 〈3월의 눈〉에서 침울하게 앉아 있는 장오와 상관없이 고택을 배경으로 사진을 찍는 연인들과 일본인 관광객의 발랄함은 실재하는

정독도서관 앞 돈까스집. 예전에 이 자리에 '화개이발관'이 있었다.

북촌과 관광객들이 보는 북촌이 가지는 차이다. 북촌이라는 장소가 갖는 역사성과 일상성은 관광객들에게 일종의 아우라로 기능한다. 한옥과 좁은 골목, 박물관과 궁궐 등 북촌에서 살았던 사람들의 살아 숨 쉬는 삶의 흔적들은 문화 상품으로 깔끔하게 리모델링되거나 박물관으로 보내진다. 장오는 단골 이발관이 사라진 것을 두고 "뭐가 있어야 깎지. 그 무슨 박물관이래나? 이발 도구고 의자고 연탄난로고 뭐고, 하여간 이발소 안에 붙은 건 찌그러진 양은 대야까지 죄 뜯어 가지고선 세트로 사 갔다는데 뭐. 그것도 말하자면 골동품이라면서"라고 투덜거린다.

이발하러 나갔다가 허탕치고 돌아온 장오의 삶은 박물관이 아니라 연극 무대에서 재현된다. 그의 삶을 바라보는 관객은 무대 위에서 마지막 노년의 연기를 마치는 백성희, 장민호 두 노배우의 이미지를 통해 북촌이라는 공간을 체득한다.

연극 〈3월의 눈〉은 분해되는 한옥을 무대 위에 시각화함으로써 지난 세대의 고단함과 쓸쓸함을 관객에게 전달한다. 봄이 오고 있는 3월, 그러나 끝나지 않은 겨울의 잔상을 새벽에 내리는 눈을 통해 보여주는 〈3월의 눈〉은 '뜯겨나가는 집'이 '애처롭게 앓는 소리'를 내면서 막이 내린다.

전통 한옥촌 답사지로서 '북촌'은 시각적이고 낭만적인 풍경을 위해 재구성되었다. 자연히 오래되고 낡은 풍경은 지워지거나 리모델링됐다. 집을 잃은 이순이 '몸만 남은 넋이 있다면 어서 그 몸으로 돌아가기를' 아들을 닮은 거지 황 씨에게 간절히 속삭이는 바로 그 기원은, 오늘날 북촌을 탐방하는 산책자들의 바람일지도 모른다.

북촌에서 머물기

북촌은 개발 제한과 해제가 반복되면서 근대와 전근대의 모습이 뒤섞인 특이한 형태의 공간으로 변화해왔다. 영화 〈북촌방향〉에서 '북촌'은 잃어버린 것에 대한 메타포로 기능한다. 흑백으로 촬영된 영화 속 '북촌'은 과거의 시간에 고정되어 있다. 늘 주인이 자리를 비우는 한옥인 술집과 텅 빈 한옥 골목은 북촌을 오히려 비현실적인 공간으로

민화 박물관을 들여다보는 일본인 관광객 ⓒ 김윤미

그린다. 이러한 거리 두기는 북촌을 잃어버린 과거로 상품화하면서 현재를 식민화한다.

영화 〈북촌방향〉이 북촌을 이방인의 시선에서 바라보았다면, 연극 〈3월의 눈〉은 그곳에 살고 있는 거주자의 시선으로 바라보았다. 〈3월의 눈〉에서 '북촌'은 오래된 한옥이 분해되어 박물관에 전시되듯이 오랜 시간이 누적된 공간으로 그려지며, 그 시간의 흔적들로 관광지가 되어간다. 연극 〈3월의 눈〉을 보고 나면, 우리가 잃어버리는 것들, 그러나 쉽게 지워지지 않는 시간의 흔적들이 파편처럼 우리 삶 속에 박혀 있음을 알게 된다. 그리고 문득 기대한다. 어쩌면 장오와 이순을 삼청동 골목에서 만나게 될지도 몰라, 하고. 북촌을 서성이는 〈북촌방향〉의 성준도, 묵묵히 상실을 견디는 〈3월의 눈〉의 고독한 노인 장오도 북촌에 머물지 못한다는 것을 우리는 알고 있다. 그러나 여전히 그들처럼 우리도 북촌에서 서성이며, 혹은 방황하며 삶의 본질과 만나기를 기대한다.

모든 것은 변하고 머물지 않는다는 것, 북촌 이야기는 서서히 막을 내린다. 이제 '북촌'이라는 오랜 역사성은 분해되는 한옥과 같이 새롭게 리모델링될 것이며, 원주민이 떠난 상업적인 공간으로 변화되어 갈 것이다. 그리고 '북촌'이라는 장소가 갖는 드라마성은 새로운 이야기의 원천으로 다시 조립될 것이며, 그 드라마성 때문에 '북촌'은 이야기 위에 이야기가 덧씌워지면서 소비되는 감정의 공간이 될 것이다.

「바보각시」의 지형학과 스캔들로서 중립의 욕망

· 주현식 ·

1. 들어가는 글
: 2011년 신도림역 '김밥전쟁'과 떠도는 중립의 선

2011년 11월 신도림역 1번 출구에서는 출근 인파로 분주한 와중에도 진귀한 장면이 연출돼 행인들의 이목을 끌었다. 출근하는 시민들을 대상으로 아침용 김밥을 파는 노점상 부부와 이들을 둘러싼 검정색 양복 차림의 청년들이 마치 휴전선의 군사 대치를 상기시키듯 팽팽한 긴장감으로 대립하고 있는 모습은 신도림역의 일상을 매우 낯설게 만들기에 충분한 것이었다. 실상은 이랬다. 신도림역 1번 출구에서 오래전부터 김밥을 팔던 노점상 부부는 최근 백화점이 오픈되면서 백화점의 앞마당인 이곳에 공원을 조성하겠다는 백화점 경영진의 요구를 대면 해야만 했다. 아침 출근 시간에 잠깐 행해지는 생계형 장사인데 허용 해주지 않는 것은 대기업의 횡포이지 않느냐는 노점상 부부의 주장과 시민을 위한 공간이기도 하므로 공공 이익을 위해 노점상의 김밥 판매 대를 물려야겠다는 백화점 측의 주장은 끝내 타협점을 찾지 못하고 급 기야 백화점 보안 요원들이 노점상 부부를 에워싸는 물리적 충돌의 파 행으로 치닫게 된다.[1]

신도림역의 아침 풍경은 얽히고설킨 이익 갈등이 점점 극단화되는 2011년의 한국 사회에서 과연 정당한 것과 부당한 것이 무엇이며, 대 립적 이원성만이 강조되는 행위 양식에서 벗어나는 중화의 길은 또한 무엇일지 우리에게 묻고 있다. 6·25전쟁 이후 1960년대 첨예하게 대 립하였던 남북 정치적 이데올로기 속에서 중립지대를 꿈꾸었던 시인 신동엽의 사유가 자본과 노동의 갈등이 미시적으로 심화되는 21세기 에도 보편타당하게 필요한 것임을, 단속권이 없는 백화점과 무허가 노 점상이 벌이는 이러한 싸움은 암시하는 것이 아닐까? 오늘날의 한국 사회에서도 이것 아니면 저것이 되기를 요구하는 억압적 독단론이 20 세기적 냉전 이데올로기 갈등과 마찬가지로 횡행하고 있기 때문에, 60 년대 신동엽의 중립 개념이 새로운 글쓰기의 장소, 새로운 공동체적

---

[1] 이 사건의 더 자세한 내용은 다음의 기사 참조. 「신도림역 1번 출구 '김밥 전쟁'…노점상–백화점 보안요원 '대치' 왜?」, 『국민일보 쿠키뉴스』, 2011. 11. 10.

장소의 탐색에 여전히 자극이 될 수 있으리라는 전제로부터 이 글은 시작한다.

희곡을 공부하는 연구자로서 시 연구사에 대해 과문한 것이 사실이겠지만, 필자가 살펴본 바의 한계 내에서 시인 신동엽의 중립지대에 대한 연구는 1960년대 정치적 현실과 관련한 의미 해명에 주로 초점이 맞춰져왔던 것 같다. 예컨대 김윤태의 경우, 신동엽의 중립 사상이 지닌 의미를 두 가지로 나누어 살펴보고 있다. 첫 번째는 자주통일과 민중주체성의 사상으로 신동엽의 중립 사상이 민중주체성과 연결된다는 점이다. 두 번째는 생명사상으로 신동엽의 중립 사상이 근대문명 비판과 결부된다는 점이다. 강은교의 경우도 마찬가지로 신동엽의 중립적 사상을 자기가 태어난 조국과 민족의 역사에 뿌리내림으로써 구체적인 설득력을 획득한 실천적 시인정신론으로 평가한다. 신동엽의 중립적 세계관은 민족의 실체와 운명적으로 결합하면서 탄생한 깨어 있는 역사의식의 소산인 바, 현실의 부조리와 민족적 모순들을 해소해야 한다는 탈이데올로기적 총체성의 인식이라는 것이 강은교의 설명이다.[2]

이러한 중립적 세계관에 대한 논의들은 다른 문학 장르인 희곡적 글쓰기 상 형상화된 서울의 완충지대를 탐색하고자 할 때에도 어느 정도 최소한의 정방향성을 제공해주리라 예측된다. 이 글은 신동엽의 중립적 세계관이 거둔 문학적 성과와 그것의 내적 논리를 섬세하게 재구한 기존 논의의 연장선상에 있으면서도, 이들과는 또 다른 중립의 자질들을 희곡과 연극 담론 내에서 규명하고자 한다. 즉, 이 글은 90년대 쓰이고, 공연된 이윤택의 「바보각시」를 대상으로 중립지대가 서울에 어떻게 나타날 수 있는지를 주목할 것이다. 바꾸어 말해 본고의 목적은 서울 내 중립지대의 지리적 기술 또는 용어가 「바보각시」에서 기능하는 양상을 탐색하는 데 있다. 역으로 이 글은 「바보각시」의 텍스트에서 서울의 중립지대의 지형학적 요소란 무엇이고, 그것이 어떻게 작동할 수 있는지 이해의 기틀을 마련하는 작업에 의의를 두고자 한다. 연구 대상으로 이윤택의 「바보각시」를 선택한 이유는 이 작품이 서울 신도림역이라는 공간을 정면으로 다루고 있으면서도 비극적이지만 어느 정도의 유토피아적 세계관을 제시하는 터라, 중립적 세계관의 한 사례로서 그 개별성을 확인해볼 수 있기 때문이다.[3] 기존 희곡, 연극 연구사에서 '서울'의 공간성이나 장소성에 주목한 논의는 흔치 않았다. 그러므로 이 글의 논의는 희곡, 연극 연구상 '서울'의 장소성 논의를 활성화하는 데 일조할 수 있다는 점에서 긍정적이다. 더 나아가 희곡과 연극의 담론 내에서 서울의 중립지대가 형상화되는 방식을 밝혀봄으로써 본 연구는 시나 소설 등 다른 문학 장르에 축적된 서울의 중립적 세계관에 대한 이해를 중층적이고도 다층적으로 확장시키는 작업에 도움을 줄 수 있으리라 기대된다.

---

[2] 김윤태, 「신동엽 문학과 '중립'의 사상」, 『민족시인 신동엽』, 구중서, 강형철 공편, 소명출판, 1999, 199~217쪽. 강은교, 「신동엽 연구」, 『국어국문학. Vol.9』(동아대학교 국어국문학과, 1989). 19~41쪽.

[3] 본문에서 인용되는 지면은 다음의 대본 전집을 출처로 하였다. 이윤택 저, 서연호·김남석 공편, 『이윤택 공연대본전집3권』, 연극과인간, 2006.

방법론으로 택한 것은 프랑스 기호학자 롤랑 바르트의 중립에 관한 이론이다. 롤랑 바르트에 따르면 중립은 담론의 현상들 속에서 고찰, 기술될 수 있다. 의미의 대립적 구조를 회피하거나 좌절시키고, 따라서 담론의 갈등적 여건들을 중지시키는 목표를 지닌 모든 굴절을 바르트는 중립에 속하는 것으로 규정한다. 따라서 중립은 무미건조, 중성, 무관심의 인상들로 귀결되지 않는다. 그보다 중립은 대립적 인식론의 모델을 좌절시키는 열정적 활동이다. 그는 이러한 중립의 범주를 언어, 몸짓, 행위, 육체, 처신 등 모든 것에서 찾아낼 수 있다고 본다. 또한 중립의 이 굴절들을 바르트는 여러 개의 문형(figure)으로 결집시킨다. 문형은 의미론적 궤적을 구성하는 상관적 조직망으로서 수사학적인 암시를 간직할 뿐 아니라 어떤 모습, 어떤 표정을 지닌 담화적 배열의 존재태이다. 이런 문형들 중 일부는 담론의 갈등적 양상들, 곧 반중립의 양상들로 귀결될 수 있다. 반면 다른 것들은 갈등을 정지시키는 상태들과 처신들, 곧 중립의 양상들로 귀결될 수 있다.❹ 본문은 바르트의 방법론을 적용하면서 「바보각시」의 중립지대가 어떻게 강력하고도 적극적인 가치, 스캔들로서 무장소성을 구성할 수 있는지 고찰할 것이다.

---

❹ 롤랑 바르트 저, 김웅권 역, 『중립 : 콜레주 드 프랑스 강의 1977~1978』, 동문선, 2002, 401~402쪽.

2. 담론의 갈등
   : 도시 빈민 밀집 지역으로서 신도림역의 재현

이윤택의 「바보각시」는 '신도림역'을 배경으로 사건이 전개되는 연극이다. 대본의 지시문에서는 이러한 무대배경에 대해 '신도림은 新道林으로, 그 뜻이 수풀 속에 난 새로운 길'이라 설명되어 있다. 목가 지향적인 지명의 유래와 달리 실제 신도림역은 지하철 1호선과 2호선이 교차하는 교통의 요지인지라 떠오르는 보통의 첫 이미지는 복잡하고 분주한, 그래서 청결하지 못한 곳이라는 점이다. 정착성보다 유동성이 강조되고 긴밀한 연대보다 산개하는 인간 군상들이 물결처럼 범람하는 곳, 이것이 신도림역의 장소성인 셈이다. 때문에 신도림역의 지형학적 특성은 뒤이은 지시문에서처럼 '도시 빈민 밀집 지역', '유난히 종말론이 성행하고 온갖 야바위꾼이 들끓는 서울의 오지'라는 묘사가 더 어울린다. 지형학(topography)의 어원이 그리스어로 장소(topos)를 쓰는 것(graphein)임을 상기해보자. 장소의 윤곽이 장소의 이름과 분리될 수는 없다. 그렇다 하더라도, 무대배경이 되는 신도림역의 극적 매핑(mapping)은 산뜻한 지명을 가지고 장소의 윤곽을 명명하는 것만으로는 달성될 수는 없을 것이다. 그보다 인간 군상의 세속적 갈등으로 점철된 오욕의 경치에 대한 기술(writing)이 동반될 때만이 「바보각시」에서 신도림역의 극적 매핑은 사실적으로 완성된다.

이 같은 만화경적 인간 세태의 서술이 목적하는 신도림역의 미메시

신도림역

스적 재현은 무엇보다 '이것은 이것이다, 저것은 저것이다'의 독단론으로부터 재현의 동력을 얻는다. 모든 대립적 구조와 담론의 갈등적 상황들은 인간이 필연적으로 처하게 되는 사회적 여건이다. 사실 자유롭게 말하고, 의지대로 행동하는 것 같지만 특정 사회적, 이데올로기적 한계 내에서만 발화하고 처신하게 될 뿐이라는 점을 어떤 인간도 피할 수 없다. 이러한 담론적 상황의 강제성 때문에 우리는 '그렇다/아니다'라는 긍정과 부정의 판단 속에서 '나'라는 단독자적 주체의 사회적 정체성을 형성해나가게 된다. 바꾸어 말해 의미와 가치의 생산과 소비는 선택과 배제, 유표와 무표, 참과 거짓의 이항대립적 구조의 인식론적 모델 속에서 유포된다. 결과적으로 대립적 구조를 함축한 독단론적 명령, 법, 위협, 권위의 문형(figure)들을 찾아냄으로써, 우리는 '반중립적' 현실의 장소성을 「바보각시」에서 읽어낼 수 있다.

다음과 같은 '반중립'의 문형들이 극중 신도림역을 비루한 일상적 신도림역으로 리얼하게 매핑한다고 볼 수 있다.

① 단언

맹인가수 바보각시는 죽었어.

걸식소년 아냐 꿈은 안 죽어.

맹인가수 바보각시는 이제 여기 오지 않을 거야.

걸식소년 왜?

맹인가수 아름답게 살아가는 사람들을 만나기 힘든 세상이니까.

걸식소년 이 세상은 여전히 아름다워. (64쪽)

맹인가수와 걸식소년은 바보각시의 존재를 놓고 말로써 맞씨름을 하고 있다. 바보각시는 살보시의 화신이다. 옛날 어느 마을에 정체를 알 수 없는 여자가 흘러들어왔고, 그 여인은 마을의 장가 못 간 머슴, 병신, 문둥이, 홀애비 등에게 몸을 나누어 주었다. 그러다가 마을에서 추방되었는데, 마을 사람들은 그 여자가 떠난 이후에야 재림한 부처라는 사실을 알게 되었다.[5] 이상의 살보시 설화를 모티프로 인물화된 것이 이윤택의 바보각시다. 이 장면에서 "그녀가 죽었다/아름답게 살아가는 사람이 이 세상에 없다"라는 특별한 언명들을 통해 맹인가수는 바보각시의 존재와 아름다운 세상에 대한 불신을 억압적으로 단언한다고 볼 수 있다. 이러한 단언은 한 항을 긍정하고 다른 항을 동시적으로 배격하는 정식화를 거쳐서 사회적으로 용인된 랑그의 체계를 세우는 일과 진배없다. 랑그의 체계는 분류의 체계로서 일종의 권력이 작동한다. 바보각시가 존재할 것이라는 걸식소년의 순진한 믿음에 대해 계속해서 교정을 가하려는 맹인가수의 행태가 단언에 의해 권력이 행사되는 경우라 할 수 있다. 주목할 점은 "꿈은 죽지 않아", "이 세상은 여전히 아름다워" 등 단정을 살짝 피하는 발화를 시도하여 걸식소년이 '바보각시는 죽은 존재다' 라고 정의를 내리는 맹인가수의 반중립적 의미 구조 자체를 일탈시키는 대목이다. 걸식소년의 믿음을 수정하려는 맹인가수의 의도는 걸식소년의 이러한 발화에 의하여 미끄러지고, 그 결과 반중립적 사유와 반대되는 방향의 지평에 대한 발견이 암시된다.

② 오만

취객　　　다 틀렸다 무너질거야. 난 무너져 버릴거야. (관객에게) 후회하지마, 인간들아. (67쪽)

---

⑤ 김남석, 『이윤택 연극의 미학적 시원: 이윤택 연극 연구론』, 푸른사상사, 2006, 160쪽.

우국청년 (뛰어든다) 그렇소. <u>투쟁의 시대는 끝나고 야합의 시</u>
　　　　　<u>대가 오고 말았소.</u> 우리는 위장된 화해를 거부한다
　　　　　아. (79쪽)

　취객과 우국청년은 「바보각시」에서 나약한 지식인을 표상한다. 이들
은 관념적이다. 해서 현실을 직시할 수 있는 힘이 그들에게는 없다. 지
식인의 비현실성은 그들을 통해 두 가지 방식으로 나타난다고 볼 수 있
다. 첫 번째 사례는 현실을 마주하기가 두려워 현실을 아예 포기하는
방식이다. 취객이 이 경우에 해당한다. 비현실적 관념으로 현실을 "다
틀렸다"며 극단적으로 왜곡하는 취객은 결국 타자의 욕망을 생각하지
않고 타자에게 공격을 가하는 오만의 극치를 보여준다. "(관객에게) 후
회하지마, 인간들아" 하는 호통으로 그는 자신의 독단적인 진실을 강
요하고 광기 어린 오만과 함께 타자의 신념까지 지배하려 한다. 우국청
년의 경우 이에 비해 현실의 직시는 포기하지 않지만 그 현실을 자신이
명백하게 해석하고 있다는 점에서 문제적 양상을 제시하고 있다. 현실
에 관한 명백한 해석, 확신 또한 달리 해석될 수 있는 현실을 현실 그대
로 보지 못하는, 다분히 추상적인 관념화에서 비롯한다. 시대에 관한
우국청년의 해석은 타자의 시각을 구속하고 그들의 의견을 고려하지
않는 담론의 오만이라 할 수 있는 것이다. 이상의 오만의 문형 역시 현
상과 타자의 감각적 다양성을 축소시키는 반중립의 언어에 해당한다.

③ 형용사

교주   자, 보십시오. (하면서 마구 온몸을 찌르며 자해한
          다. 몸의 피를 닦아 보이며) 이 피는 바로 <u>우매한 민
          중들이 침을 뱉고 발로 찬</u> 피입니다……
우국청년 …… 저건 <u>이 시대의 고통을 온몸으로 껴안으려는</u>
          민중의 모습이요. (78쪽)

취객   난 대한민국의 <u>위대한</u> 소시민이지 임마. (79쪽)

첫 번째 예에서 사이비 종교의 교주는 자신의 영성을 증명하기 위해
자해한다. 급기야 그는 자신이 흘린 피에 대해 "바로 우매한 민중들이
침을 뱉고 발로 찬" 것이라는 형용사적 수식 기능의 관형절을 동원하
게 된다. 덩달아 교주를 지켜보던 우국청년도 "이 시대의 고통을 온
몸으로 껴안으려는" 등의 관형절을 사용해서 민중의 화신으로 사이비
교주를 미화하고 있다. 이러한 발화들에서 살필 수 있듯이, 형용사 역
할을 하는 구문들은 주체를 과장적으로 술어화한다. 때문에 여기서 주
체의 욕망이 지닌 환상적 경향이 증대된다고 볼 수 있다. 바꾸어 말해
그만큼 주어에 대한 단언의 정도가 커지는 셈이다. "뭐가 잘났냐"는
실직청년의 힐난에 "난 대한민국의 위대한 소시민"이라 응답하는 취
객의 답변도 형용사가 과장적으로 사용된 사례다. 형용사를 과대하게
동원함으로써 「바보각시」에서는 각 인간 군상이 지닌 반중립적 특징

<바보각시> 중 자해하는 교수. 2010년 '가마골소극장'에서 재공연 사진

들이 전경화되고 있는 셈이다. 형용사 자체를 폐기하는 것은 불가능하겠지만 형용사의 사용을 즐기면 즐길수록 「바보각시」의 인물들은 자신을 비울 수가 없게 되고 그에 비례하여 그들의 중립 가능성 또한 낮아진다.

④ 이데올로기

우국청년 우국청년들의 노력이 말짱 도루묵이 되어 버렸습니
다. 압제자를 백담사로 보낸 장본인은 누구였습니까?
총장머리를 삭발했던 우리들 아닙니까? 우리들 우국

의 십일조는 누굴 위해 쓰여지고 있습니까? (69쪽)

교주　　　할렐루야 아멘 할렐루야 아멘 승리를 얻었네.
　　　　　종말은 공중에서 온다 내 사랑하는 원수들이 더 이
　　　　　상 이 땅에서 죄 짓고 사는 걸 원치 않기 때문에 내
　　　　　친히 팬텀기 편대를 이끌고 삼팔선을 넘으리니 영변
　　　　　핵공장부터 박살내고 살아남은 동포들을 먼저 하늘
　　　　　융단에 태워서 보낼터이니 너희들은 하늘문이 닫히
　　　　　기 전에 때를 놓치지 말지어다. (72쪽)

취객　　　적성이 북쪽으로 떨어지면 역적 낳는다고 했지?
실직청년　천지개벽 일으키면 큰 인물 되는거지요. 뭐. (93쪽)

취객　　　귀볼때기 새파란 놈이 어른 시키는 대로 따르면 될
　　　　　것이지 요새 젊은 것들은 당최 어른 말을 안 들어.
　　　　　(93쪽)

　이데올로기는 실제 관계나 조건과는 다르게 상상적인 관계를 구성
하게 되는 의미와 신념 체계다.[6] 이데올로기가 지닌 언어적 표상들이
반중립적일 것임은 당연하다. 「바보각시」의 한 주제적 측면이 세기말
적 어두움이기 때문에 실제 연극의 진행 과정에서도 다양한 이데올로
기들의 갈등 양상이 요지경처럼 형상화되고 있다. 인용된 장면별로 시

민운동 이데올로기, 메시아적 종교 이데올로기, 혁명-보수의 이데올로기, 세대와 관련된 이데올로기 등이 대사화된다. 이러한 이데올로기적 언어들은 일관성을 지녀야 하고, 영속적이며, 체계적이어야 하는 까닭에, 권력을 확대하고 중계하는 효과를 생산한다. 이 극의 반중립적 정치성이 사실적으로 재현되는 원인항도 이데올로기적 언어들이 부침하는 가운데, 등장인물들이 가치를 선택하고 의미론적 갈등 속에 들어가, 저마다 삶을 장악하고 타자를 지배하려는 의지가 남발하는 데서 찾을 수 있다.

'단언', '오만', '형용사', '이데올로기'의 문형들은 담론의 갈등적 양상들로 귀결되는 어떤 모습, 어떤 표정들을 「바보각시」에 수사화한다. 물론 이 문형들을 세밀히 살펴보면 그 해당 텍스트적 지표들이 겹쳐지고 중복될 수도 있을 것이다. 그러나 문형의 세목을 확인하고 분류하는 것보다 더 중요한 것은 이 같은 문형들이 결과적으로 서울과 관련된 현대 도시 문명의 총체적, 혹은 전체적 비판 인식과 연결되어 텍스트적 주제론의 한 축을 형성한다는 점이라 할 수 있다.[7] 역으로 말해 반중립의 문형들에 의하여 서울이라는 공간, 그곳에 속한 신도림역의 장소성은 천하고, 불쾌하며, 거짓된 곳이라는 서울의 이미지, 공간의 지시적 사실성을 획득한다. 결과적으로 극적 서사에 선행하는 것

---

[6] R. Webster 저, 라종혁 역, 『문학 이론 연구 입문』, 동인, 1999, 108쪽.
[7] 문학 작품에서 현대 도시문명의 문제를 다룰 때 나타나는 부정적 시각에 대해서는 이동하, 『한국문학 속의 도시와 이데올로기』, 태학사, 1999, 11~57쪽 참조.

으로 간주되는 서울 신도림역의 장소성에 대한 미메시스적 환각과 전체적 진실의 표현이라는 문학적 재현의 목적 달성이 이로써 가능해진다. 그러나 픽션 내에서 이루어지는 장소의 매핑 행위는 현실적 욕망을 가지고 행해지는 것만은 아니다. 「바보각시」의 중립적 지대가 어떻게 형상화되는지 다음 절에서 살펴본다면 이 점은 더욱 분명해질 수 있다.

3. 담론의 영도
: 새로운 길로 항해하는 흰 돛배의 비장소성

현대 도시 공간을 다루는 대부분의 문학작품들은 도시라는 공간에 대해 부정적 입장을 견지해왔다. 인간 문명의 산물이지만, 주택 문제, 교통 문제, 환경 문제, 지역 간 불균형 문제를 유발하여 인간 생태를 위협하는 병리적 현상의 온상으로 치부되었던 도시는 문학적 비판 의식의 중요한 한 대상이라 할 수 있었다. 특히 리얼리즘적 소설에서는 총체적 진실의 규명을 문학적 형상화의 본질로 파악하였기에 도시 공간의 부정적 재현은 소설적 핍진성의 일반적 경향으로 제시된다.

그래서 여기에서 표상되는 의미는 주로 소외와 갇힘, 무력과 결핍, 잃음과 긴장, 압력과 눌림, 비정과 냉혹, 위축과 분열, 공해, 추락 등으로 체계화되는 것이다. 이런 도시의 그물 속에 걸린 소설세계의 인간들은 환상적 비행기를 날리다 추락하는 난장이나 생의 편력을 채우는 사물 표상인 구두만을 남기고 실종하는 인간

이거나 달팽이와 같은 공간에 위축, 왜소화된 인간이다.[8]

이 점은 희곡에서도 마찬가지다. 희곡문학은 인간 갈등의 첨예한 대립을 본원적 주제로 한다. 따라서 도시 공간은 그 병리학적 공간성으로 인해 이야기를 드라마틱하게 직조하는 주요 사실적 배경으로 간주되어왔다.

　이상과 같이 우리나라 현대 희곡, 시나리오에 나타난 도시성은
　공해, 범죄, 인권의 사각지대, 도덕성 파탄, 빈곤 등으로 얼룩진
　황폐함 그 자체라 할 만큼 부정적이라는 사실이다.[9]

　70년대 희곡에 나타난 도시는 철저히 병들어 있다. 낙관적인
　전망이 거의 없다. 도시민은 쾌락의 욕망과 생존 및 소외라는 양
　극단의 삶을 살아가고 있다. 권력으로 억압받고 있으며 대중화된
　매스컴을 통해 일방적으로 지배당하고 있다.[10]

희곡 연구에만 국한해봤을 때 그러나 이러한 연구들은 큰 이야기들

---

[8] 이재선, 『한국현대소설사 : 1945~1990』, 민음사, 1991, 316쪽.
[9] 유민영, 「희곡, 시나리오속의 도시상」, 『도시문제, Vol.24 No.3』, 대한지방행정공제회, 1989, 43쪽.
[10] 홍창수, 「1970년대 희곡의 도시성 연구」, 『우리어문연구, Vol.25』, 우리어문학회, 2005년, 614쪽.

에만 주목해 도시 공간을 다루고 있다는 점에서 아쉬움을 남긴다. 즉, 도시적 공간이나 장소에 기반한 희곡 연구는 근대화 담론이라는 거대 담론적 시각에 치우쳐 해체적 징후를 보이는 탈근대적 현대 도시 공간을 다양한 시각에서 보다 풍부하게 읽어내려는 시도를 충분히 고려하지 않았던 것이 사실이다. 현대 도시 속에 드러나는 이질적이면서도 다원적이며, 동시에 개체적인 삶의 방향표를 희곡, 연극 창작의 현장 속에 제시하려는 노력이 연구자들에게, 비평가들에게 부족하지는 않았을까?[11] 따라서 이윤택의 「바보각시」에서 묘사되는 '중립'의 탈현실적 욕망은 다종다양하게 전개되는 포스트모더니티의 현대 도시 공간, 곧 불확실한, 상대주의적인 서울의 장소성이라는 문제의식을 독자, 관객과 공유할 수 있다는 점에서 시사하는 바가 크다.

다음과 같은 '중립'의 문형들이 극중 신도림역의 현실적 이미지를 해체하고, 간격을 두어, 일상적 신도림역을 미지의 장소로 새롭게 매핑한다고 볼 수 있다.

① 마약-의식 그리고 파노라마

도시의 음악상자가 등장한다…… 노래하는 꼭두, 춤추는 꼭두가 등장한다…… 모두 환각상태에서 느릿느릿 춤을 춘다…… 저

---

[11] 이 점에서 새로운 도시 이론, 탈근대적 도시 이론에 관한 사회학적 접근의 일독은 간학문적 시각에서 문학 연구자들에게도 절실히 요청된다. 탈근대적 도시 이론에 대한 설명은 한상진, 『도시와 공동체』, 한울아카데미, 1999, 13~40쪽 참조.

마다 가면을 쓰고 포장마차로 찾아든다…… 저 멀리 소돔성 불빛
이 솟아오르고 음울하게 울리는 북소리. 파출소장, 취객, 실직청
년 밤기운에 취해 춤을 춘다. 전망이 없는 시대의 탈놀음이 시작
된다. 각시, 천진스럽게 끼어든다. (79~84쪽)

「바보각시」의 2막에서는 '전망이 없는 시대의 탈놀음' 이 펼쳐진다.
음악상자 속에서 꼭두가 등장하고 정상적 의식 상태를 넘어서는 마약
적 환각 상태로 등장인물들 모두가 한바탕 광대놀음의 춤을 선보이게
된다. 말하자면 제의적 입사와 같은 상태인 일상적 의식의 정지 순간
이 등장인물들에게 닥쳐오게 되는 것이다. 여기서 중요한 것은 환각적
의식의 탈놀음이 암시하듯 등장인물들의 현실적 경험이 파열할 정도
까지 의식의 한계(maginal), 문턱 경험이 전개되는 점이라 할 수 있
다. 이때 춤의 배경으로 〈홍콩 아가씨〉, 〈세상은 요지경〉, 〈난 알아요〉
등의 대중가요들이 꼭두에 의해 연이어 불리는 까닭에 이들이 춤추는
광경은 환유적 인접의 폭넓은 확대된 비전을 전시한다. 바꾸어 말해
한눈에 내부 전체를 조망하는 판옵티콘적 '깊이' 의 이미지가 아니라
내부가 없는 복잡한, 다양성의 '표면', 평면의 파노라마적 세계의 이
미지가 이러한 전망 없는 탈춤과 가요 메들리의 결합 양식에 의하여
현시된다고 볼 수 있다. 결과적으로 한계–경험으로서 마약–의식, 평
면으로 연결된 모든 세부를 확대된 비전으로 한꺼번에 포착하는 파노
라마적 비현실성의 시각은 「바보각시」의 무대에 중립의 장소성을 부
여한다. 왜냐하면 중립이란 양비론적 수사에 그치는 것이 아니라 일상

적으로 체계화된 담론과는 다른 논리, 다른 세계가 존재할 수 있다는
무정형적 실존 가능성이기 때문이다. 즉, 중립은 이것인가? 저것인가?
라는 질문에서 파생된 양비론, 그리고 그것의 대안으로서 비교될 수
있는 제3의 길이라기보다는 그 무엇과도 비교될 수 없고, 정량화될 수
없는 '차이' 자체라 할 수 있다. 「바보각시」의 전망 없는 탈놀음 속 환
각적 마약-의식의 체현과 파노라마적 비전의 극적 정경화는 그 같은
차이 속으로 극적 장소들이 빨려 들어가고 있음을 증시한다. 이 노랫
소리, 춤사위에서 감지되는 일탈적 통과의 욕망이야말로 중립을 향한
욕망의 지대로 무대 위 신도림역을 변환시킨다.

② 침묵

> 각시 나누나 나누 나노누나 나나나나나나 누누
>> 각시 안개 속의 세상에 앉아 '정든 땅 언덕'을 노래한다.
> (70쪽)

밤의 한가운데 놓여진 각시 이 세상 바람이 각시의 속곳 밑을
지나가고 이 세상 미친 용두질로 각시의 치마는 붉은 꽃물이 들
었다. 비로소 각시는 이상한 세상과 살을 나누고 피붙었다. 각시
는 현실과 살 섞은 자신의 처지를 고통스럽게 받아들인다. 천성
을 박탈당하고 순결을 잃은 그러나 세속적인 삶의 장으로 자신을
살보시한 여인의 춤 (84쪽)

각시는 "나누나 나누~" 분절되지 않은 웅얼거림으로 자신이 할 말을 대신한다. 노래 또한 그녀는 "나누나 나누~"로 부른다. 이것이 상징하는 바는 무엇일까? 확실한 사실은 각시의 비분절화된 발화들이 분절을 바탕으로 발화된 일상적 파롤의 언어 행위를 철저하게 좌절시키고 있다는 점일 테다. 이를테면 벙어리처럼 소리 내는 그녀의 발화 방식은 강제적 법칙인 랑그에 기반해 운위되는 언어 행위의 체계성을 폭로한다고 볼 수 있다. 그래서 그녀의 말은 일상적 언행과 비교해 일종의 침묵이 된다. 그것은 체계적, 분절적 언어기호에 대항해서 언어기호가 되지 않기 위해, 언어기호 밖에서 생산되는 침묵의 이미지를 띤다.

그렇다면 침묵, 침묵 같은 발화가 왜 중요한가? 그 이유는 침묵의 언행과 행동이야말로 대립적, 갈등적 담론들의 허구성을 드러낼 수 있는 한계-행동, 차이이기 때문이다. 두 번째 인용된 장면에서 각시의 침묵은 한계성(liminality)을 더 극적으로 형상화한다. 각시는 파출소장, 취객, 실직청년에게 강간당하지만, 그럼에도 그녀는 침묵한 채 그 고통을 받아들인다. 그리고 그녀는 춤을 춘다. 모든 자연이 내는 소리가 역설적으로 인간의 언어로서 설명될 수 없는 침묵이듯이 결과적으로 그녀가 취한 침묵의 언행과 몸짓은 침묵이면서 동시에 소리인 자연의 침묵-소리를 닮아간다. 이것이 의미하는 바는 그녀의 침묵이 자연의 침묵과 마찬가지로 아직 개화되지 않은 싹, 동트기 직전의 새벽녘, 태초의 미분화 상태라는 창조적 순간을 낳는다는 점일 테다. 침묵으로 일관하는 그녀의 살보시는 곧 인간에게 모든 것을 베풀어주는 자연의 고즈넉함, 그 태초적 어머니상의 무한한 사랑을 이미지화한다. 결론적으로 말해 중립은 각시가 그러했듯 침묵, 침묵할 수 있는 권리다. 그러나 그것은 단지 담론적 대립을 불러일으킬 말을 하지 않겠다는 의지에만 그치는 것이 아니다. 그보다 각시의 살보시에서 살펴볼 수 있듯이, 침묵의 권리를 실천하는 중립의 행위는 세상과 살을 나누고 피붙이는 생태적 관계성의 어루만짐을 지향한다. 즉, 살보시하는 각시의 몸은 자아와 타자, 동일성과 차이성을 한꺼번에, 동시에 횡단하고, 대립되는 것들을 서로 얽히게 만드는 동적 공간 그 자체로서 결코 무미건조하지 않은 불같은 열정적 활동인 침묵의 중립 지역 속으로 무대 위 신도림역의 장소성을 함입하고 있다.

③ 우연

> 파출소장　(울상) 아이고 이게 무슨 날벼락이고!
> 실직청년　(흥분) 기적이에요. 이건 기적이라구요!
> 파출소장　(어이없다.) 그라믄, 누구 씬지도 모를 애기가 저 각
> 　　　　　시 뱃속에서 울고 있단 말인가. 지금?!
> 취객　　　그런 거 같애. (92쪽)

파출소장, 취객, 실직청년에게 강간당한 각시는 결국 누구의 씨인지도 모르는 아기를 임신하게 된다. 자신의 몸을 짓밟은 그들을 각시는 용서했건만 아무도 뱃속 아이를 책임지려 하지 않자 절망한 각시는 포

장마차 위 등불에 줄을 풀어 목을 묶고 자살한다. 그러나 죽었다고 생각한 각시의 시체에서 기적 같은 일이 벌어진다. 시신의 뱃속에서 아기의 울음소리가 들려오게 된 것이다. 죽은 각시의 몸에서 생명의 소리가 약동하는 사건은 분명 전대미문의 일이며, 합리적 영역의 밖에서 발생한 일이라 할 수 있다. 그것은 현실적 담론에서는 생각될 수 없는 예외적 순간이자, 이질적인 상태의 갑작스러운 유출에 준하는 이미지를 제공한다. 즉, 각시의 뱃속에서 아버지가 불분명한 아기의 울음소리가 울려 퍼질 때, 정상적 담론의 일관적, 논리적, 체계적 시간성은 파편화되고, 탈구되며, 해체된다. 반중립적 담론의 현실은 체계, 법칙, 보편성, 합리성을 전제해야지만 유효하게 정치적 권력의 무기를 휘두를 수 있다. 하지만 「바보각시」의 아기 울음소리처럼 체계적, 법칙적, 합리적 사고로 생각할 수 없는, 우연, 비체계, 무질서, 여백의 상황이 불규칙하게 점멸하게 된다면, 그 같은 일상적 정상성의 기반은 커다랗게 구멍이 나기 마련이다. 해서 아기 울음 소리가 공명하는 「바보각시」의 신도림역은, 일상에 균열을 가하는 우연 그리고 자아를 와해시키는 타자의 알 수 없는 얼굴에 의하여, 보편적 나와 무한한 거리를 지니고 미지로서만이 존재하는 '외존(外存)'[12]의 장소가 된다. 즉, 숨 가

[12] 프랑스의 사상가 모리스 블랑쇼에 따르면, 인간 존재의 근원적 특성은 존재하기 위해 자신에게 이의를 제기하고 때로 자신을 부인하기도 하는 타인을 향해 나아간다는 점에서 찾아진다. 즉, 인간 존재는 자신을 항상 미리 주어진 외재성(外在性)으로, 여기저기 갈라진 실존으로 체험하게 된다. 모리스 블랑쇼, 장-뤽 낭시 저, 박준상 역, 『밝힐 수 없는 공동체/마주한 공동체』, 문학과지성사, 2005, 18쪽.

쁘게 지나가는 열차의 소음만이 빈번하던 신도림역은 이 같은 우연적 사건 때문에 현실과 간격을 두고, 그 간격에 따라 측정할 수 없는 새로운 공간이 창출되는 곳으로 전환된다. 이는 드라마 속에서 중립 지역이 설정되는 또 다른 지표라 할 수 있다. 중립의 장소란 어떤 체계적 실체로서 포착될 수 없고 비체계, 불균형으로 외재하는 분리, 균열, 간극에 대한 어떤 지평, 방향의 움직임이자 표류이다.

④ 결별하기

탈을 쓴 인간들. 뒷골이 서늘해지면서 신도림 역전에 흰 돛이 뜬다. 새벽안개 속을 헤치며 나오는 돛배. 그 돛배는 각시가 끌고 오던 포장마차며 그 돛배엔 여전히 중불이 켜져 있다. 맹인가수가 앞장을 서고 걸식소년 미카엘이 마차를 끄는 흰 돛배는 이제 또 다른 고해의 세상을 향해 새로운 항해를 시작하는 것이다. 그 돛 아래 소복의 각시가 앉았고 각시의 품속에 살아 눈뜨고 있는 미륵. 탈을 쓴 인간들은 그제서야 눈물을 흘리며 자신들의 탈을 벗어 각시의 돛배 위로 던진다. (96~97쪽)

극 마지막 부분에서 모자상으로 부활한 각시와 아기는 포장마차를 흰 돛배로 삼고 인간적 애환이 서려 있던 신도림역과 '결별'한다. 담론의 대립적 갈등 양상으로 귀결하던 신도림역의 부동성에 대해 이 같은 떠남의 행위는 괄호를 쳐, 그것의 대립적 이원성을 판단중지

(epoche)하려는 중립의 몸짓을 함축하고 있다. 사실 각시가 죽기 직전까지 운영하던 포장마차는 극중 모든 대립적 힘들이 맞씨름을 펼치던 곳이었다. 취객, 실직청년, 우국청년, 파출소장, 소외자 등이 빈번하게 드나들며 최약자인 각시를 농락하던 곳이 포장마차였기에 포장마차라는 오브제는 사회적 이데올로기들의 투쟁을 전시하는 장소였다. 역으로 보자면 가설치된 포장마차의 이동적 특성은 그러한 인간 군상의 권력 장악 의지에 따라 지배를 당하고 뿌리 뽑혀 유랑할 수밖에 없는 각시의 몸을 환유적으로 제시하는 장소라고도 할 수 있다.

그러나 극 결말부에서 포장마차는 흰 돛배로 전환된다. 흰 돛배에 올라 타 머나먼 곳으로 표류하는 항해를 시작함으로써 세상에 버림받았던 각시와 애기는 모든 대립적 담론의 위험과 오만, 의미론적 갈등의 상황들을 제거하고, 중지시킨다. 그러면서 어떤 장소에도 고정되지 않은 무장소성의 장소성으로 애욕의 신도림역을 이끈다. 따라서 짓밟힌 영토였던 각시의 포장마차는 흰 돛배로 상상적으로 변화하면서 환원될 수 없는 차이의 한계 지대로 무대를 재설정하게 된다. 한마디로 말해 흰 돛배가 멀어져갈수록 「바보각시」의 신도림역은 뚜렷한 실체적 지형학적 좌표에서 일탈해가고, 목적 없이, 표적 없이 통과하려는 어떤 욕망과 그것의 에너지 및 강밀도가 범람하는 중립의 장소가 된다. 그것은 언어나 담론의 체계로서 정식화할 수 없는 세계의 '살'의 진동, 요동, 곧 코드화될 수 없는 차이에 대한 열정으로 접근시켜주는 생의 의지에 다름 아닐 것이다.

'마약-의식, 파노라마', '침묵', '우연', '결별하기'의 문형들은 담론의 갈등적 양상들을 정지시키는 담론적 영도의 어떤 모습, 어떤 표정들을 「바보각시」에 수사화한다. 무대 위 신도림역은 실제 신도림역에 근거해 있지만 이 같은 문형들이 기술하는 한계 경험, 차이 자체, 자아와 타자의 동시 횡단, 비체계를 향한 통과의 흐름에 따라 모든 곳에 있으나 결국 아무 곳에도 있지 않은 무장소성의 중립지대로 무대는 탈현실화된다. 극 초반 승객을 실어 나르는 열차 도착 안내 방송이 극 후반부에서 각시의 음성에 실려 반복되더라도 열차가 아닌 상상적 표류의 흰 돛배가 도착, 출발하게 되면서 얼굴 없는 곳으로서 신도림역, 즉 실제 지리적 시스템에 위치화될 수 없는 장소가 매핑된다고 볼 수 있다.[13] 그 중립적 장소는 각시가 그러했듯 무한한 비움에 자신을 내어주는 바, 공동체를 해체하면서, 동시에 공동체를 세우는 희생의 장소, 비밀의 장소, 부재의 장소이다.[14] 따라서 이 극의 신도림역은 우리가 의식할 수 없지만, 결과적으로 언제나 이처럼 채우고자 하는 결여가 자리하는 곳이 된다. 바꾸어 말해 이곳 신도림역의 무장소성은 일종의 스캔들이다. 내가 하지 않은 일이 한 것처럼 소문나는 것, 혹은 내가 한 일 이외의 것이 나도 모르는 이야기로 새어 나오는 것이 바로 스캔들이라 한다면, 모든 곳에도 있고 아무 곳에도 없는 중립 지대는 스캔들로서의 운명을 피할 수 없다. 실제로 지시문에서 지시하듯 '야바위

---

[13] 무장소성에 대해서는 J. Hillis Miller, *Topographies*, Stanford University Press, 1995, p.53 참조.
[14] 희생과 비움에 따른 공동체의 해체와 성립에 대한 더 자세한 설명은 모리스 블랑쇼, 앞의 책, 32쪽 참조.

꾼이 횡행하는 빈민이 밀집한 오지'로서의 현실적 신도림역은 지명의 유래상 '수풀로 난 새 길'이라는 스캔들에 항상 얹힐 수밖에 없지 않은가? 그러므로 「바보각시」는 무미건조한, 평균율적인, 제3의 길의, 양비론적인 중간지대를 고집하는 연극이 아니다, 스캔들로서의 장소, 불완전하며, 도발적이고, 무력할 수도 있는 차이를 통과하는 장소인 무장소성에 대한 중립적 욕망을 「바보각시」는 각시의 몸과 흰 돛배, 그리고 신도림역의 지형들에 형상화한다.

4. 맺음말
: 새로운 서울을 꿈꾸며

이 글은 이윤택의 「바보각시」에 서울의 중립 지역이 어떻게 나타나는지를 중심으로 논의를 전개했다. 지형학(topography)의 관점에서 서울 신도림역을 둘러싼 인간 세태가 미메시스적으로 매핑되고 있기도 하지만, 중립의 욕망으로 인하여 무장소성의 스캔들이 유포되는 곳이 또한 극중 장소인 신도림역이라는 점을 본고는 밝히려 하였다. 본론의 논의를 간추리자면 다음과 같다.

단언, 오만, 형용사, 이데올로기의 문형들은 반중립의 장소들을 형성하는 의미 배열의 궤적으로서 사실적 지시성의 환각들을 「바보각시」에 부여한다. 이러한 문형들이 「바보각시」에 구성될 때, 극중 인물들의 발화, 동작, 행동, 처신 등은 사회적으로 코드화된 것으로 나타나고, 담론의 대립적 갈등 양상들이 이미지화된다. 그 결과 도시 빈민 밀집 지역인 신도림의 사실적 재현이 가능해진다. 반면 마약-의식과 파노라마, 침묵, 우연, 결별하기의 문형들은 중립의 장소들을 형성하는 의미 배열의 궤적으로서 비사실적 자기 지시성의 인상들을 「바보각시」에 부여한다. 이러한 문형들이 「바보각시」에 구성될 때, 극중 인물들의 발화, 동작, 행동, 처신 등은 한계에 위치한 것, 환원될 수 없는 차이로 인식되고, 동일성과 차이성을 지속적으로 교체시키며, 비체계를 향한 통과의 욕망을 투사하게 된다. 그래서 담론의 영도에 근접하는 순간이 마련되고 그 결과 아무것도 장악할 수 없는 장소가 부각되는 바, 무장소성의 장소, 어떤 장소에도 고정되어 있지 않은 식의 스캔들의 장소가 나타난다. 곧 담론의 영도를 제공하는 문형들에 의하여 신도림역이라는 극중 장소는 어떤 곳인지 말할 수 없는 장소가 되며 명료한 해석을 정지시키는 곳이 된다. 하지만 이러한 벗어남, 에포케의 중립적 장소는 사회적 현실성의 논리를 뒤흔든다는 점에서 열정적이고 불같은 중립을 향한 욕망의 활동이 발생하는 장소이고 그만큼 정치적인 곳이라 말할 수 있다.

이 글은 「바보각시」를 통해 서울의 중립지대가 어떤 방식으로 존립할 수 있는지 좀 더 새로운 시각으로 살펴보기 위해 근대적 실체, 토대, 기원을 비판하며 흐름, 운동, 차이를 강조한 바르트의 후기 사상, 탈근대적 중립의 이론을 방법론으로 활용하였다. 그러나 이러한 중립지대의 논의는 선행 연구의 대체적 모델의 제시라기보다는 보완적 모델의 제시라는 편이 더 합당할 것이다. 서울 같은 권력 중심적 공간으로부터 탈중심적 지향으로서 중립, 완충 지대에 관한 논의가 폭넓게

숙고되어야 한다는 일말의 취지로 이 글이 읽혀졌으면 하는 것이 필자
의 솔직한 바람이다. 신동엽이 남긴 중립에 관한 사유는 문학 연구상
윤리학의 장에 관한 열린 논의들을 가능케 할 것이므로 중립 개념에
대해 새롭게 접근하고, 이를 적용해 탈권위적 서울의 중립지대를 모색
하는 시도 자체는 그 타당성의 논란에도 불구하고 의미 있는 작업이라
는 것만은 분명해 보인다.